「名探偵《めいたんてい》シャーロック・ホームズ」の世界《せかい》へようこそ!

名《めい》探《たん》偵《てい》 シャーロック・ホームズ

Sherlock Holmes

人形《にんぎょう》の暗号《あんごう》 おどる

作《さく》／コナン・ドイル

編著《へんちょ》／芦辺《あしべ》 拓《たく》　絵《え》／城咲《しろさき》 綾《あや》

Gakken

事件《じけん》ナビ

この本《ほん》に出《で》てくる事件《じけん》をしょうかいしよう!

『名探偵《めいたんてい》シャーロック・ホームズ
ホームズ最後《さいご》の事件《じけん》!?』で

がけから落《お》ちたのは まさか、ホームズ!?

ホームズにとってぜったいにゆるせない悪人《あくにん》、
モリアーティー教授《きょうじゅ》。かれと、
はげしく戦《たたか》ったホームズが、
この世《よ》から消《き》えてしまったなんて……。

このページを左《ひだり》に引《ひ》いて、広《ひろ》げてみよう!

エピソード
02 おどる人形《にんぎょう》の暗号《あんごう》

ホームズの元《もと》にとどいた、なぞの絵文字《えもじ》のようなものが、かかれた紙切《かみき》れ。この絵文字《えもじ》がまきおこした、世《よ》にもおそろしい事件《じけん》とは？

依頼人《いらいにん》

ヒルトン・キュビット

イギリスのいなかで地主《じぬし》をしているが、なぞの絵文字《えもじ》の手紙《てがみ》になやまされて、ホームズのもとに相談《そうだん》に来《く》る。背《せ》が高《たか》く、りっぱな紳士《しんし》。

この事件《じけん》の登場人物《とうじょうじんぶつ》

顔《かお》にきずのある男《おとこ》

見《み》るからに悪《わる》そうな顔《かお》つきをした、なぞの男《おとこ》。その正体《しょうたい》は？

マーチン警部《けいぶ》

ノーフォーク州《しゅう》の警察官《けいさつかん》。事件解決《じけんかいけつ》のため、ホームズに協力《きょうりょく》をもとめる。

エルシイ・パトリック

キュビット氏《し》の妻《つま》。なぜか昔《むかし》のことをあまり話《はな》したがらない。

事件《じけん》が気《き》になった
ぼくは、現場《げんば》を
見《み》に行《い》くことに……。

そこで出会《であ》った、なぞの
追《お》いかけたら……。

この事件《じけん》の登場人物《とうじょうじんぶつ》

きょうぼうな男《おとこ》

生《い》きて帰《かえ》ってきたホームズをにくんでいる、なぞの人物《じんぶつ》。その正体《しょうたい》は？

ハドソン夫人《ふじん》

ぼくとホームズがかりた、ベーカー街《がい》221B《ビー》の部屋《へや》の大家《おおや》さん。

レストレード警部《けいぶ》

ロンドン警視庁《けいしちょう》の警察《けいさつ》官《かん》。ホームズとは昔《むかし》からの知《し》り合《あ》い。

おどる人形《にんぎょう》の絵文字《えもじ》が
不幸《ふこう》をもたらす!?

依頼人《いらいにん》のもとにかけつけた、ホームズとぼく。しかし、そのとちゅうで、事件《じけん》が起《お》きて……。

「この絵文字《えもじ》は、その一《ひと》つ一《ひと》つが、アルファベットを指《さ》しているはず……。」

ホームズがなぞを解《と》きあかす!!
※アルファベット……ヨーロッパの言葉《ことば》のもとになる文字《もじ》。ローマ字《じ》ではA・B・C・D・E・F・G・H・I・J・K・L・M・N・O・P・Q・R・S・T・U・V・W・X・Y・Zの26文字《もじ》になる。

わかい男《おとこ》が銃《じゅう》でうたれ、
ロンドンじゅうの話題《わだい》に!!
老人を
この事件《じけん》の真相《しんそう》はぼくがきっとつきとめるよ

おどる人形《にんぎょう》の暗号《あんごう》を解《と》くのに必要《ひつよう》な、ローマ字《じ》って？

ま行《ぎょう》	は行《ぎょう》	な行《ぎょう》	た行《ぎょう》	さ行《ぎょう》	か行《ぎょう》	あ行《ぎょう》	行《ぎょう》／段《だん》
ma ま MA	ha は HA	na な NA	ta た TA	sa さ SA	ka か KA	a あ A	あの段《だん》
mi み MI	hi ひ HI	ni に NI	ti ち TI	si し SI	ki き KI	i い I	いの段《だん》
mu む MU	hu ふ HU	nu ぬ NU	tu つ TU	su す SU	ku く KU	u う U	うの段《だん》
me め ME	he へ HE	ne ね NE	te て TE	se せ SE	ke け KE	e え E	えの段《だん》
mo も MO	ho ほ HO	no の NO	to と TO	so そ SO	ko こ KO	o お O	おの段《だん》

ローマ字《じ》のいろいろな決《き》まり

ローマ字《じ》には、じっさいに書《か》いたり読《よ》んだりするときの、いろんなルールがあるよ。ここでおぼえておこう。

はねる音《おと》（ん）を書《か》くときは……

あとに、A・I・U・E・O・Yがつづくときは、音切《おんき》り（'）を入《い》れて書《か》くよ。

例《れい》：本屋《ほんや》さん → HON'YASAN

つまる音《おと》（小《ちい》さい"っ"）を書《か》くときは……

そのすぐあとにつづくアルファベットの文字《もじ》を、2回《かい》くりかえして書《か》くよ。

例《れい》：学研《がっけん》→ GAKKEN

があります）。※なお、枠内《わくない》の大《おお》きいアルファベットは大文字《おおもじ》で表記《ひょうき》しております（枠内《わくない》で小《ちい》さく表記《ひょうき》しているものは小文字《こもじ》です。

ワトスンMEMO《メモ》

今回《こんかい》の『おどる人形《にんぎょう》の暗号《あんごう》』で、ホームズがこの暗号《あんごう》を解《と》くために使《つか》った言葉《ことば》が、ローマ字《じ》。日本語《にほんご》のあ、い、う……を、アルファベットを使《つか》ってあらわすよ。もう小学校《しょうがっこう》で習《なら》っている人《ひと》もいると思《おも》うけど、ここではそのルールをかくにんしておこう。

P	B	D	Z	G
PA pa ぱ	BA ba ば	DA da だ	ZA za ざ	GA ga が
PI pi ぴ	BI bi び	(ZI) (ぢ)	ZI zi じ	GI gi ぎ
PU pu ぷ	BU bu ぶ	(ZU) (づ)	ZU zu ず	GU gu ぐ
PE pe ぺ	BE be べ	DE de で	ZE ze ぜ	GE ge げ
PO po ぽ	BO bo ぼ	DO do ど	ZO zo ぞ	GO go ご

PY	BY	ZY	ZY	GY
PYA pya ぴゃ	BYA bya びゃ	(ZYA) (ぢゃ)	ZYA zya じゃ	GYA gya ぎゃ
PYU pyu ぴゅ	BYU byu びゅ	(ZYU) (ぢゅ)	ZYU zyu じゅ	GYU gyu ぎゅ
PYO pyo ぴょ	BYO byo びょ	(ZYO) (ぢょ)	ZYO zyo じょ	GYO gyo ぎょ

RY	MY	HY	NY	TY	SY	KY
RYA rya りゃ	MYA mya みゃ	HYA hya ひゃ	NYA nya にゃ	TYA tya ちゃ	SYA sya しゃ	KYA kya きゃ
RYU ryu りゅ	MYU myu みゅ	HYU hyu ひゅ	NYU nyu にゅ	TYU tyu ちゅ	SYU syu しゅ	KYU kyu きゅ
RYO ryo りょ	MYO myo みょ	HYO hyo ひょ	NYO nyo にょ	TYO tyo ちょ	SYO syo しょ	KYO kyo きょ

小《ちい》さい(ゃ)(ゅ)(ょ)を書《か》くときは、真《ま》ん中《なか》にYを入《い》れるよ。

	わ行《ぎょう》	ら行《ぎょう》	や行《ぎょう》
n ん N	wa わ WA	ra ら RA	ya や YA
	(い) (I)	ri り RI	(い) (I)
	(う) (U)	ru る RU	yu ゆ YU
	(え) (E)	re れ RE	(え) (E)
	o を (O)	ro ろ RO	yo よ YO

大文字《おおもじ》と小文字《こもじ》で名前《なまえ》を書《か》くときは……

上《うえ》の表《ひょう》の通《とお》り、アルファベットには大文字《おおもじ》と小文字《こもじ》があるよ。両《りょう》方《ほう》を使《つか》って名前《なまえ》を書《か》くときは、はじめの文字《もじ》を大文字《おおもじ》で書《か》くよ。

例《れい》：学研《がっけん》→Gakken

助詞《じょし》(〜は、〜へ)を書《か》くときは……

「わたしは」などの、(は)や、「どこへ」などの(へ)は、ローマ字《じ》ではそれぞれ読《よ》むときの音《おと》(わ)、(え)で書《か》くよ。

例《れい》：鬼《おに》は外《そと》→ ONI WA SOTO

のばす音《おと》を書《か》くときは……

たとえば「おとうさん」ならば、のばす記号《きごう》(^)を使《つか》って書《か》くよ。

例《れい》：おとうさん → OTÔSAN

※物語《ものがたり》の内容《ないよう》にそって、ここでは訓令式《くんれいしき》のローマ字《じ》を基本《きほん》として紹介《しょうかい》しております(ヘボン式《しき》やパソコンのローマ字入力《じにゅうりょく》の際《さい》、上《うえ》とちがう表記《ひょうき》になることまた、同《おな》じ文字《もじ》が重《かさ》なる場合《ばあい》、表記《ひょうき》しておりません)。

もくじ

エピソード 01 空《から》っぽの家《いえ》の冒険《ぼうけん》

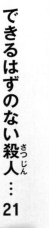

エピソード 01

空《から》っぽの家《いえ》の冒《ぼう》険《けん》

ホームズのいなかったある日《ひ》、ロンドンでふしぎな殺《さつ》人《じん》事《じ》件《けん》が発《はっ》生《せい》!! 気《き》になったぼくは一《ひと》人《り》で、事《じ》件《けん》現《げん》場《ば》に向《む》かったんだけど、そこになぞの老《ろう》人《じん》がいて……。

今《いま》もまだ信《しん》じられない!?ホームズが死《し》んだなんて……

モリアーティー教授《きょうじゅ》ともみあったまま、
がけから落《お》ちて死《し》んだ!?ホームズ。
あれから３年《ねん》……ぼくはさびしいよ。

※ホームズとモリアーティー教授《きょうじゅ》の決《けっ》とうについては、
『10歳《さい》までに読《よ》みたい名作《めいさく》ミステリー　名探偵《めいたんてい》シャーロック・ホームズ　ホームズ最後《さいご》の事件《じけん》!?』を読《よ》んでね。

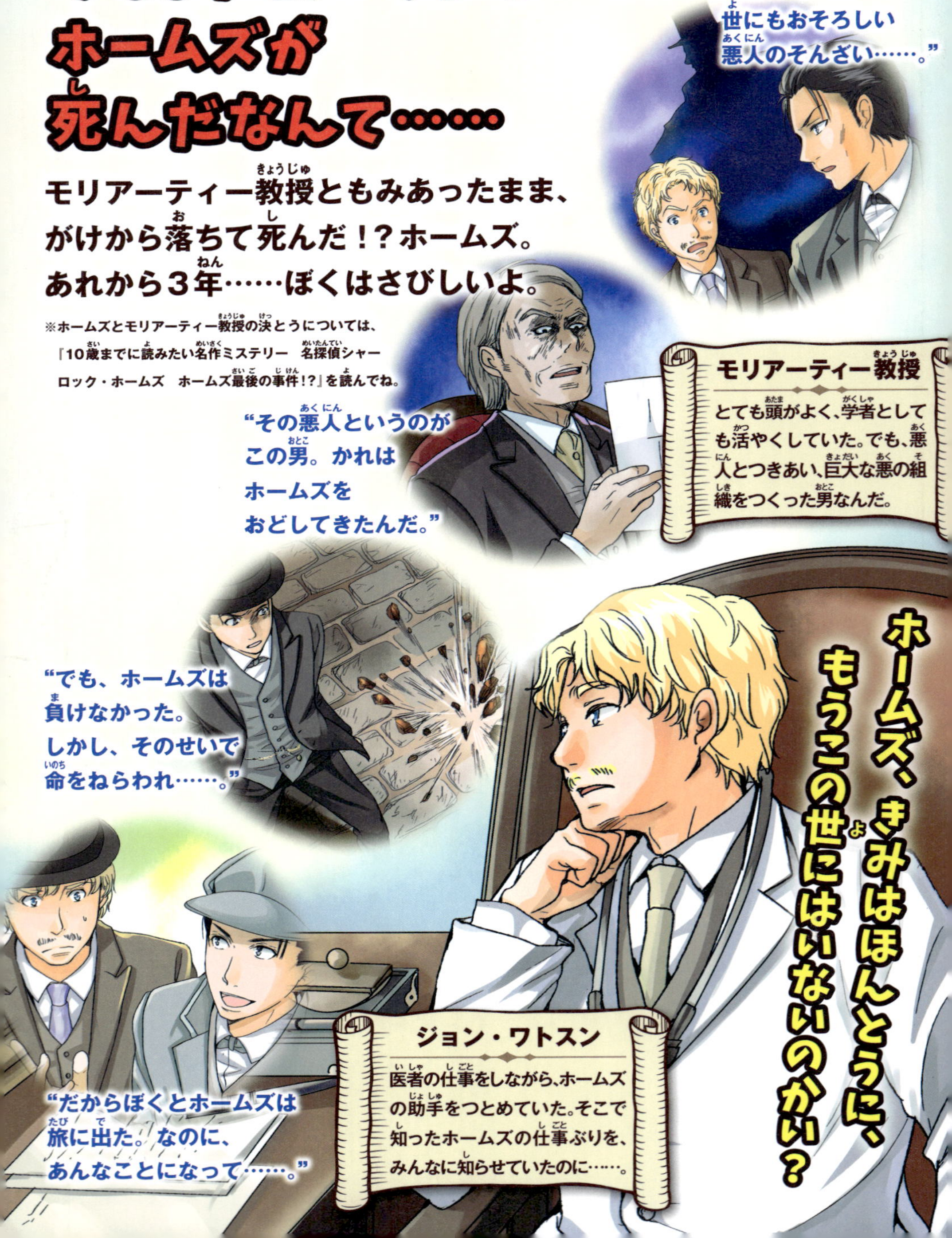

“ある日《ひ》、ホームズが教《おし》えてくれた世《よ》にもおそろしい悪人《あくにん》のそんざい……。”

“その悪人《あくにん》というのがこの男《おとこ》。かれはホームズをおどしてきたんだ。”

モリアーティー教授《きょうじゅ》

とても頭《あたま》がよく、学者《がくしゃ》としても活《かつ》やくしていた。でも、悪人《あくにん》とつきあい、巨大《きょだい》な悪《あく》の組織《そしき》をつくった男《おとこ》なんだ。

“でも、ホームズは負《ま》けなかった。しかし、そのせいで命《いのち》をねらわれ……。”

“だからぼくとホームズは旅《たび》に出《で》た。なのに、あんなことになって……。”

ジョン・ワトスン

医者《いしゃ》の仕事《しごと》をしながら、ホームズの助手《じょしゅ》をつとめていた。そこで知《し》ったホームズの仕事《しごと》ぶりを、みんなに知《し》らせていたのに……。

ホームズ、きみはほんとうに、もうこの世《よ》にはいないのかい？

エピソード

02 おどる人形《にんぎょう》の暗号《あんごう》

※この本《ほん》では、児童向《じどうむ》けに、一部《いちぶ》登場人物《とうじょうじんぶつ》の設定《せってい》やエピソードを変更《へんこう》しております。

エピソード
01

空《から》っぽの家《いえ》の冒《ぼう》険《けん》

1

かなうはずのないねがい

シャーロック・ホームズが、ぼくたちの前《まえ》からすがたを消《け》して、もうすぐ三年《ねん》がたとうとしていました。

名探偵《めいたんてい》ホームズと、犯罪王《はんざいおう》モリアーティー教授《きょうじゅ》との、命《いのち》をかけた対決《たいけつ》——。あのとき、ぼくはかれとともにロンドンを脱出《だっしゅつ》し、さまざまな危《き》険《けん》を乗《の》りこえながら、スイスのある村《むら》に着《つ》きました。

そこで、ぼくたちはライヘンバッハの滝《たき》という名所《めいしょ》を見物《けんぶつ》したのですが、モリアーティー教授《きょうじゅ》は、そこに、ひそかにしのびよっていたのです。

ぼくが、うその手紙《てがみ》にだまされて、滝《たき》をはなれている間《あいだ》に、ホームズとかれの対決《たいけつ》が行《おこな》われました。そして、ぼくがあわてて滝《たき》の近《ちか》くまでもどったとき、そこには、だれのすがたもなく、ただ、ホームズからぼくにあてた手紙《てがみ》だけが、のこされていたのです。

そこには、とうとう、かれがすがたをあらわしたこと、これから一対《たい》一の決《けっ》とうをすることが書《か》かれていました。

そう、ホームズはモリアーティー教授《きょうじゅ》と、取《と》っくみあったまま、はげしく水《みず》の流《なが》れる滝《たき》の中《なか》に落《お》ちていったらしいのです。そうなっては命《いのち》のあるわけはなく、死体《したい》こそあがりませんでしたが、それきり二人《ふたり》は地上《ちじょう》から消《き》えてしまいました。

そして、さっきもいったように、あれからもうすぐ三年《ねん》――。

ぼくはベーカー街《がい》の部屋《へや》を*引《ひ》きはらい、ケンジントンでくらしながら、

*引《ひ》きはらう…よそにうつるため、後《あと》かたづけをする。すっかり取《と》りさる。

自分《じぶん》の病院《びょういん》に通《かよ》っています。

ホームズのおかげで、モリアーティー教授《きょうじゅ》の一味《いちみ》は、すべて警察《けいさつ》にとらえられ、ロンドンは前《まえ》より少《すこ》し平和《へいわ》になりました。

でも、ホームズは、もう帰《かえ》ってきません。ぼくは、どんなにかれが生《い》きていてくれたらと思《おも》ったことでしょう。なぜなら、モリアーティー教《きょう》授《じゅ》はほろびても、犯罪《はんざい》そのものがなくなったわけではなかったからです。

ぼくは、もしホームズがいたら、この事件《じけん》や、あの事件《じけん》を、どう推理《すいり》しただろうか、それらの事件《じけん》を、ぼくとどんなふうに語《かた》りあい、どんなむねおどる冒険《ぼうけん》に乗《の》りだしたろうかと、考《かんが》えずにはいられないのでした。

それは、かなうはずのない、ねがいでした。しかし、そう思《おも》わずにはいられないほど、おそろしい事件《じけん》がまた起《お》こってしまったのです。

その日《ひ》のしんりょうを終《お》えて、ハイドパークという大《おお》きな公園《こうえん》のあたりまで、ぶらぶらとやってきたぼくは、その近《ちか》くの屋《や》しきの前《まえ》に、人《ひと》だかりができているのを見《み》つけました。

＊やじうまがわいわいさわぎ、新聞売《しんぶんう》りが何《なに》かさけんでいます。中《なか》にはおまわりさんのすがたが、何人《なんにん》も見《み》えて、これはただごとでないことをしめしていました。

（ロナルド・アデア氏《し》の殺人事件《さつじんじけん》だな。）

ぼくは、読《よ》んだばかりの新聞記事《しんぶんきじ》を思《おも》いだしながら、つぶやきました。

それは有名《ゆうめい》な貴族《きぞく》が、自宅《じたく》の部屋《へや》で殺《ころ》されていた、という事件《じけん》でした。

＊やじうま…事件《じけん》などが起《お》こると、自分《じぶん》には関係《かんけい》ないのに、わけもなくさわぐ人《ひと》。

2 できるはずのない殺人《さつじん》

ロナルド・アデアはメイヌース伯爵家《はくしゃくけ》の次男《じなん》で、父《ちち》の伯爵《はくしゃく》はオーストラリアにあるイギリス*植民地《しょくみんち》のえらい役人《やくにん》でした。ロナルド・アデアはたいへんなトランプずきで、目《め》のちりょうを受《う》けるため帰国《きこく》した母親《ははおや》、それに妹《いもうと》といっしょに、ハイドパーク近《ちか》くの屋《や》しきに住《す》んでいました。

今《いま》から数日前《すうじつまえ》の三月《がつ》三十日《にち》。ロナルド・アデアは、いつものようにバガテルというクラブで、友人《ゆうじん》たちと、ホイストという、トランプで二人《ふたり》一組《ひとく》みになってするゲームを楽《たの》しんでいました。午後《ごご》十時《じ》、家《いえ》に帰《かえ》ると、そのまま自分《じぶん》の部屋《へや》に入《はい》りました。

＊植民地《しょくみんち》…よその国《くに》から、うつり住《す》んだ人《ひと》によって開発《かいはつ》され、政治《せいじ》や経済《けいざい》の上《うえ》で、おさめられている地域《ちいき》。

ロナルド・アデアの母《はは》と妹《いもうと》が、親《しん》せきの家《いえ》から帰《かえ》ってきたのが、その一時間《じかん》二十分《ぷん》後《ご》の、午後《ごご》十一時《じ》二十分《ぷん》でした。母親《ははおや》は、お休《やす》みなさいをいおうと、むすこの部屋《へや》をたずねたのですが、いつもとちがって、なんの返事《へんじ》もないばかりか、ドアにはかぎがかけられていました。

だとすると中《なか》にいるはずですが、いくらノックしても、声《こえ》をかけても、なんの反応《はんのう》もありません。そこで、無理《むり》にドアをこじ開《あ》けて中《なか》に入《はい》ると、ロナルド・アデアが、部屋《へや》のテーブルのそばに、たおれていたではありませんか。

ロナルド・アデアは、顔《かお》から頭《あたま》にかけて、きずを負《お》っていました。これは、強力《きょうりょく》な銃《じゅう》でうたれ、そのたまが頭《あたま》の中《なか》ではじけたせいでした。

　テーブルの上《うえ》には、その夜《よる》、ロナルド・アデアがトランプのゲームで勝《か》ったお金《かね》が、細《こま》かく分《わ》けられて、のっていました。しかし、それにはだれもさわっていないようでした。

　ここでふしぎなことは、部屋《へや》のドアに内側《うちがわ》からかぎがかけられていたこと。そうなると犯人《はんにん》はそこから出《で》入《はい》りしたのではないことになります。

　まどは開《あ》いていましたが、これはロナルド・アデアが帰《かえ》ってきたとき、

[*1]メイドがだんろに火《ひ》をつけたところ、あまりけむりがひどいので、開《あ》けたものでした。

だとすると、犯人《はんにん》はロナルド・アデアを殺《ころ》したあと、部屋《へや》にかぎをかけて、まどからにげだしたのでしょうか。

しかし、まどから地面《じめん》までは七メートルはあります。しかも、真下《ました》には、ちょうど満開《まんかい》になった花《か》だんがあるのですが、そこに足《あし》あと一《ひと》つのこされていなかったですし、草花《くさばな》をふみあらしたようすもないのでした。

それだけでなく、家《いえ》の前《まえ》を通《とお》っているパークレーンという道路《どうろ》と家《いえ》の間《あいだ》には、しばふがあるのですが、ここにも人《ひと》が入《はい》ったあとは見《み》つかりませんでした。

となると、犯人《はんにん》が、ロナルド・アデアの部屋《へや》のまどによじ登《のぼ》り、そこからうったとは考《かんが》えられなくなります。

どこか遠《とお》くから、まどごしに、かれをねらいうちしたのでしょうか。

しかし、まどはパークレーンからはなれていて、かなりのうでまえの持《も》ち主《ぬし》でないと、命中《めいちゅう》させられそうにありません。

しかも、そのあたりは人通《ひとどお》りも多《おお》く、*2つじ馬車《ばしゃ》が集《あつ》まる場所《ばしょ》もあるというのに、だれも銃声《じゅうせい》を聞《き》いた者《もの》がないのです。

つまり、こういうことになるのです。ロナルド・アデアは、まちがいなく銃《じゅう》でうち殺《ころ》されたというのに、どこにも銃《じゅう》をうつ場所《ばしょ》はなく、音《おと》もしなかった。しかも、かれは、だれからも、うらまれるような人《ひと》ではなかったため、わけもなく殺《ころ》されてしまったことになるのでした。

できるはずのない殺人《さつじん》――でも、それは実行《じっこう》されてしまった。

*1メイド…身《み》のまわりの世話《せわ》をする女性《じょせい》の使用人《しようにん》。
*2つじ馬車《ばしゃ》…前《まえ》もって、決《き》められた道《みち》ばたで乗客《じょうきゃく》を待《ま》ち、目的地《もくてきち》まで運《はこ》んで代金《だいきん》をもらう馬車《ばしゃ》。

　そのことを考《かんが》えるうち、ぼくは知《し》らず知《し》らず、ロナルド・アデアの家《いえ》に近《ちか》づいていました。

　こんなとき、ホームズなら、どんなにあざやかな推理《すいり》を聞《き》かせてくれたことか。せめて、かれの百分《ぶん》の一くらいは知恵《ちえ》をはたらかせたいものだ……そんなことを考《かんが》えたりしました。そして、

（あれが、ロナルド・アデアが殺《ころ》された部屋《へや》のまどかな。）

　そう考《かんが》えながら、さらに何歩《なんぽ》か進《すす》んで

みました。

道路《どうろ》と家《いえ》の間《あいだ》には、上《うえ》に鉄《てつ》さくのついたへいがありますが、そんなに高《たか》くはなく、乗《の》りこえて庭《にわ》に入《はい》るのは、むずかしくなさそうです。

しかし、家《いえ》のかべには、水道管《すいどうかん》も雨《あま》どいもなく、まどまでよじ登《のぼ》るのは、とても無理《むり》なようでした。

もう少《すこ》しよく観察《かんさつ》しようと思《おも》いましたが、近《ちか》づきすぎると、かえって見《み》えにくいこともあります。

そこで、また、後《あと》もどりしたのですが、そのとき、ぼくはついうっかりして、後《うし》ろにいた、だれかにぶつかってしまいました。

ドンとショックを感《かん》じ、「しまった！」と思《おも》ったときでした。バラバラッと音《おと》がして、何《なに》かが足元《あしもと》にちらばりました。

あわてて見《み》ると、ぶつかったのは、体《からだ》がおれまがったみたいになった一人《ひとり》の白髪《はくはつ》の老人《ろうじん》でした。古《ふる》びたコートを着《き》て、白《しろ》くて長《なが》いあごひげを生《は》やしています。

ちらばったのは、何《なん》さつもの本《ほん》で、なんだかむずかしそうな題名《だいめい》が書《か》いてあります。ぼくは、すぐに拾《ひろ》ってあげましたが、老人《ろうじん》はひどくおこっています。ぼくのことをののしったあと、くるりと背中《せなか》を向《む》けて、すたすた歩《ある》いていってしまいました。

よっぽど、めずらしい本《ほん》を集《あつ》めるのがすきなのだな。それを落《お》とさせたりして悪《わる》いことをした……でも、あんなにおこらなくてもいいだろう――そんなことを考《かんが》えながら、ふと下《した》を見《み》ると、地面《じめん》の上《うえ》に本《ほん》が、まだ一さつ、落《お》ちているではありませんか。

『木《き》をおがむ人《ひと》たちの始《はじ》まり』という、わけのわからない題名《だいめい》の本《ほん》でした。ぼくもかなり本《ほん》ずきですが、そのぼくが聞《き》いたこともないということは、きっとめずらしいものなのでしょう。

これは、すぐに返《かえ》してあげなければと見回《みまわ》すと、さっきの老人《ろうじん》は、パークレーンのだいぶ先《さき》を歩《ある》いていました。ぼくは、そのあとを追《お》いかけながら、よびかけました。

「おーい、本《ほん》を落《お》としましたよ。これは、あなたのでしょう？」

しかし、老人《ろうじん》は耳《みみ》が遠《とお》いのか、ふりむきもしません。

そのままパークレーンを、北《きた》へと向《む》かっていったのですが、体《からだ》の不自由《ふじゆう》そうな老人《ろうじん》にしては、いやに歩《ある》くスピードが速《はや》いのです。

しかも、ふいに角《かど》を曲《ま》がったりするので、すがたを見《み》うしなうことも

あります。そのせいで、なかなか追《お》いつくことができずにいるうちに、はっとしました。

(おや、この先《さき》にあるのは……？)

やがて見《み》えてきた町《まち》なみ——それは、あのなつかしい、ベーカー街《がい》でした。

ホームズがいなくなってから、あまり立《た》ちよることもなくなっていました。でも、ちょうどかれのことを思《おも》いだしたすぐあとに、ここをおとずれるなんて、なんだかふしぎな気《き》がしました。

と、そのときです。ふしぎな老人《ろうじん》はベーカー街《がい》の手前《てまえ》で、またひょいっと角《かど》を曲《ま》がり、小《ちい》さな路地《ろじ》にすがたを消《け》しました。

せっかくここまで来《き》たのに、見《み》うしなってはいけないと思《おも》い、あわててあとを追《お》いました。すると、老人《ろうじん》はぐるぐると、あちこちの小道《こみち》をぬけたあげく、ある建物《たてもの》の中《なか》にスッとすいこまれていったのです。

ぼくはちょっとためらいましたが、

あとにつづくことにしました。へんだなと思《おも》いながら、*好奇心《こうきしん》をおさえられなかったからです。

その建物《たてもの》の中《なか》で、ぼくを待《ま》っていたもの、それは……。

*好奇心《こうきしん》…めずらしいことや知《し》らないことに心《こころ》がひかれたり、きょうみをもったりする気持《きも》ち。

3 ひるむはずのない勇気《ゆうき》

その建物《たてもの》は、空《あ》き家《や》と見《み》えて、中《なか》は空《から》っぽ、しかも真《ま》っ暗《くら》。どこもかしこもほこりだらけで、一歩《ぽ》歩《ある》くたびにギシギシと、ゆか板《いた》が悲鳴《ひめい》を上《あ》げました。

あのきみょうな老人《ろうじん》は、いったい何者《なにもの》なんだろう。ここに住《す》んでいるとも思《おも》えないし、なんのために、こんなところへ入《はい》っていったんだろう……そう考《かんが》えて、ぞっとしました。

これは、ぼくをわなにはめるためではなかったか。ぼくにぶつかったのも、本《ほん》を落《お》としたのも、一さつだけのこったものを拾《ひろ》わせたのも、ぼくをここまでつれてくるためではなかったろうか……。

一度《いちど》そう考《かんが》えつくと、そうとしか思《おも》えなくなってしまいました。この暗《くら》やみの中《なか》から、いつ、だれかがおそってくるかもしれない……。

今《いま》すぐに、にげだせば、安全《あんぜん》な町《まち》の中《なか》にもどれる。けれども、ぼくはそうしませんでした。

あの老人《ろうじん》が、ぼくをわなにはめようというなら、それに引《ひ》っかかったふりをして、ぎゃくに正体《しょうたい》をあばいてやろうではないか。なぜ、そんなむちゃな気《き》になったかといえば、

(そうだ、ホームズならきっとそうする。用心深《ようじんぶか》くはあっても、どんな敵《てき》にも、ひるむ*はずのない勇気《ゆうき》をもっていた、かれならば……。)

そう考《かんが》えたからでした。ぼくは、ゆだんなく身《み》がまえながら、少《すこ》しず

*ひるむ…弱気《よわき》になる。

つ、空《あ》き家《や》のおくへ入《はい》っていきました。
ところどころ、こわれかけたまどや、かべのすき間《ま》から光《ひかり》がさしこんでいて、うす明《あか》るいところがありました。それをたよりに進《すす》んでいき、ろう下《か》の角《かど》を曲《ま》がったときでした。ふいに、目《め》のはしに、黒《くろ》くて細長《ほそなが》い人《ひと》かげが、ぬーっと立《た》っているのが見《み》えました。

そのしゅん間《かん》、心臓《しんぞう》がはねあがるような気《き》がしました。あわててふりかえると、そこにいたのは、たしかに、あの老人《ろうじん》でした。

(やはり、こんなところにぼくをさそいこんで、待《ま》ちぶせしていたのだな。だが、こんなやつに負《ま》けてなるものか！)

おどろきながらも、そう決心《けっしん》したとき、もっとびっくりするようなことが起《お》きました。

老人《ろうじん》の曲《ま》がっていた体《からだ》が、スーッとのびました。その手《て》が、顔《かお》をひとなでし、かつらとあごひげをむしりとったかと思《おも》うと――。

「き、きみは！」

ぼくは、思《おも》わずさけんでしまいました。

なんと、そこにほほえみながら立《た》っていたのは、シャーロック・ホームズでした！

世界一《せかいいち》の名探偵《めいたんてい》にして、ぼくのいちばんの親友《しんゆう》が生《い》きていた。

そのことへのよろこびよりも、おどろき、おどろきよりもショックが大《おお》きくて、ぼくは気《き》が遠《とお》くなっていくのを感《かん》じました……。

4

帰《かえ》ってきたホームズ

「どうした、ワトスン。だいじょうぶか。びっくりさせて、すまなかったね。」

なつかしいホームズの声《こえ》に、ぼくはやっと気《き》を取《と》りなおしました。

そこにいるのは、まさしくシャーロック・ホームズでした。それは、とてもうれしいことでしたが、ならば、どうして死《し》んだはずのかれが、ここにこうしているのか。起《お》きるはずのない奇跡《きせき》が起《お》きたことについて、たずねないわけにはいきませんでした。

「いったい、どうやって、あんな滝《たき》のそこから助《たす》かったんだ。助《たす》かった

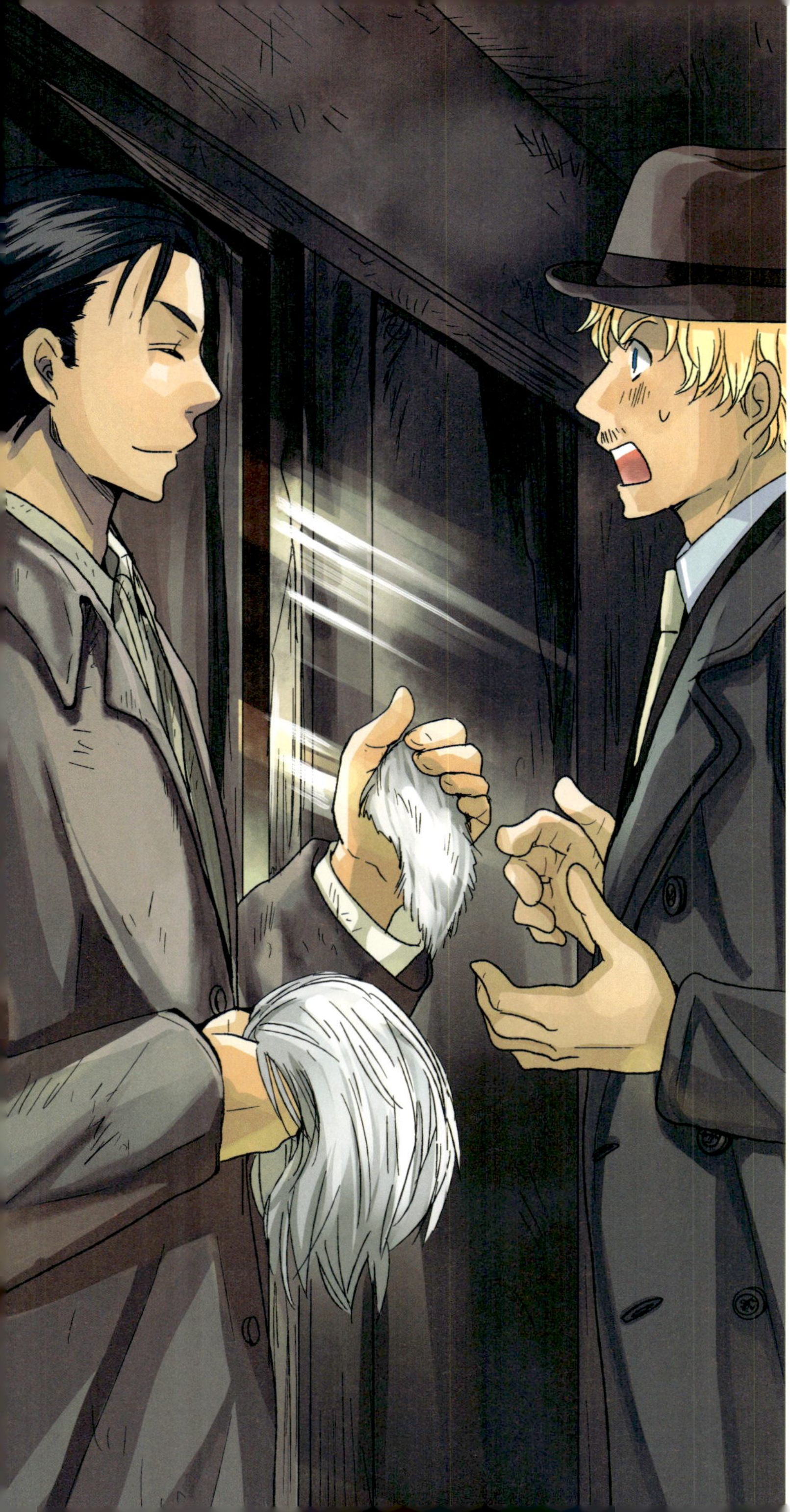

のなら、どうして三年《ねん》もすがたをかくしていたんだ。」
ぼくがきくと、ホームズはにっこりわらって、答《こた》えました。

「そう、そのことを話《はな》さなくてはいけないね。じつは、ぼくは滝《たき》に落《お》ちたりしなかったんだ。あの手紙《てがみ》に書《か》いたことにうそはないが、そのあとに起《お》きたことが、みんなの想像《そうぞう》とちがっていたんだよ。

ぼくとモリアーティーは、滝《たき》のすぐそばにあるがけで、向《む》かいあった。モリアーティーの目《め》は、ただもうぼくにふくしゅうしたいという気持《きも》ちで、ぎらぎらしていた。その目《め》を見《み》たときは、もうぼくもおしまいかなと、かくごしたものだ。

しばらくにらみあったあと、モリアーティーは長《なが》いうでをのばしながら、ぼくにとびかかってきた。

ぼくたちは、がけっぷちで取《と》っくみあった。モリアーティーもなかなか強《つよ》かったが、ぼくにはとっておきのわざがあった。『バリツ』という日本の*1格闘術《かくとうじゅつ》だ。それを使《つか》って、モリアーティーがつかみかかろうとするのを、素早《すばや》くかわしてやった。

そのせいでモリアーティーはバランスをくずしてしまった。かれは、おそろしいさけび声《ごえ》を上《あ》げながら、がけのはしで手《て》をふりまわしたり、足《あし》をけりあげたりしていた。しかし、やがてまっさかさまに、滝《たき》つぼへと落《お》ちていったんだ……。」

バリツというのは、あとで調《しら》べてもなんのことかわかりませんでした。日本にはブジュツ（*2武術《ぶじゅつ》）という言葉《ことば》があり、またジュードウ（柔道《じゅうどう》）が強《つよ》いことでもひょうばんなので、たぶん、そういったものなのでしょう。

「そのバリツのおかげで、きみだけが助《たす》かったわけか。だが、足《あし》あとは？がけに向《む》かう小道《こみち》には、行《い》ったきりの足《あし》あとが二人分《ふたりぶん》あっただけで、

*1格闘《かくとう》…たがいに組《く》みあって戦《たたか》うこと。
*2武術《ぶじゅつ》…武士《ぶし》が戦《たたか》うとき、必要《ひつよう》とする、剣《けん》・弓《ゆみ》・やり・馬《うま》などのわざ。

もどってくるものは、なかったんだぞ。」

ぼくがきくと、ホームズはこう答《こた》えました。

「ああ。そのことか。じつは、あのがけには、なんとかしがみついたり、足《あし》をかけたりできるような出《で》っぱりがあり、それらを使《つか》ってよじ登《のぼ》っていったんだよ。といっても、いつすべり落《お》ちるかわからないし、下《した》からはゴーゴーとすごい水音《みずおと》が聞《き》こえてくるし、らくではなかったけれどね。そのうち、身《み》をかくせるような場所《ばしょ》があったので、そこにしばらくひそんでいたんだ。」

「なんでそんなことをしたんだ。ぼくたちは、きみを必死《ひっし》でさがしていたんだぞ。」

ぼくは、あのときのつらい気持《きも》ちを思《おも》いだすと、つい、はらが立《た》ってしまって、いいました。

「いや、それはすまないと思《おも》っている。だが、せっかく命《いのち》が助《たす》かり、しかも、まわりはみんなぼくが死《し》んだと思《おも》っているはずだから、これを利用《りよう》しない手《て》はない。モリアーティー教授《きょうじゅ》は死《し》に、部下《ぶか》たちはまとめてたいほされたといっても、うまくのがれた者《もの》もいるだろう。ぼくが生《い》きていると知《し》ったら、そいつらはきっと、これまでよりずっとおそろしい方法《ほうほう》で、仕返《しかえ》しをしてくるにちがいない。」

「ボスが死《し》んだのに、そこまでのことをするかな。」

「するとも。げんに、ぼくが岩《いわ》かげに横《よこ》たわって、かくれていたとき、いきなり上《うえ》のほうから岩《いわ》をつき落《お》としたやつがあった。しかも、つづけて三度《ど》もだ。ちらっとだけ顔《かお》が見《み》えたが、あれは、きっとモリアーティーについてきていた部下《ぶか》だな。ボスが滝《たき》に落《お》ちたのを見《み》て、ぼくを殺《ころ》そうとしたんだ。それが成功《せいこう》したと思《おも》わせるためには、完《かん》ぺきにすがたを消《け》す必要《ひつよう》があった。

それに、死《し》んだふりをしていたほうが、つごうのいいことが、ほかにもあったしね。」

「それは、何《なに》かね。」

「シャーロック・ホームズが死《し》んだとなれば、世《よ》の中《なか》の悪人《あくにん》たちが、また動《うご》きだすだろう、ということだよ。やつらがゆだんして、勝手《かって》なことを始《はじ》めたところを、まとめてつかまえてやろうと考《かんが》えたのさ。」

「うむ、まあ、それならわからないこともないが……。」

ぼくはしぶしぶ、そう答《こた》えました。

「とにかく、心配《しんぱい》をかけたのは、すまなかった。きみだけでなく、だれにもこのことは、ひみつにしておくつもりだった。しかし、兄《あに》のマイクロフトにだけは、打《う》ちあけないわけにはいかなかった。世界旅行《せかいりょこう》に出《で》かけたり、身《み》をかくしたまま悪人《あくにん》たちの動《うご》きをさぐるには、かれの手助《てだす》けが必要《ひつよう》だったからね。」

マイクロフトというのは、でっぷり太《ふと》ったホームズのお兄《にい》さんで、イギリス政府《せいふ》のえらい役人《やくにん》をしています。ホームズがモリアーティー教授《きょうじゅ》をだしぬいて、ロンドンをはなれたときには、馬車《ばしゃ》のぎょ者《しゃ》*に変装《へんそう》して、

*ぎょ者《しゃ》…馬《うま》をあやつり、馬車《ばしゃ》を走《はし》らせる人《ひと》。

ぼくたちに協力《きょうりょく》してくれたものでした。

「えっ、きみは世界旅行《せかいりょこう》をしていたのかい。」

ぼくがびっくりしてきくと、ホームズはうなずきました。

「うむ。ずいぶんいろんなところを旅《たび》したよ。うち二年間《ねんかん》はチベット*1ですごして、そこの長老《ちょうろう》と親《した》しく話《はなし》をしたりした。次《つぎ》にペルシャ*2という国《くに》を通《とお》って、イスラム教《きょう》の聖地《せいち》であるメッカに行《い》ったりもした。その後《ご》、南《みなみ》フランスで化学《かがく》の研究《けんきゅう》をしながら、しばらくイギリスのようすをうかがっていた。そして、ついこの間《あいだ》、ロンドンにもどってきた、というわけさ。」

「それについては、何《なに》かわけがありそうだね。そうか……わかった！ロナルド・アデア殺人事件《さつじんじけん》を調《しら》べるためだな。」

「そのとおり。あそこできみを見《み》たときにはおどろいたが、きみも、あの事件《じけん》にきょうみを持《も》っていたとは、うれしいね。」

ホームズはにやっとわらいました。ぼくは、首《くび》をかしげながら、

「だが、あの事件《じけん》が、そんなに重要《じゅうよう》なものなのかい。たしかになぞは多《おお》いけれども……。そして、ぼくをわざわざ、こんな空《あ》き家《や》につれてきたのも、何《なに》か理由《りゆう》がありそうだが、ちがうかい。」

「いや、そのとおりだ。では、きみの質問《しつもん》に答《こた》えがてら、ちょっとおもし

*1チベット…中国南西部《ちゅうごくなんせいぶ》の高原地帯《こうげんちたい》にある自治区《じちく》（国《くに》としてではなく、その地域《ちいき》で、自分《じぶん》たちのことを自分《じぶん》たちで取《と》りきめて行《おこな》う。）
*2ペルシャ…今《いま》のイランのこと。

ろいものを見《み》せよう。――ついてきたまえ。」

そういうと、ホームズは、今《いま》にもくずれてしまいそうな空《あ》き家《や》の中《なか》を、スタスタと先《さき》に立《た》って、歩《ある》きはじめました。

やがて、大《おお》きなまどのある部屋《へや》に着《つ》くと、ホームズはいいました。

「さあ、このまどから、外《そと》をのぞいてごらん。ただし、中《なか》に人《ひと》がいることを、外《そと》の人《ひと》に決《けっ》して気《き》づかれないようにね。」

かれのいうとおり、そっとまどに近《ちか》づきました。次《つぎ》のしゅん間《かん》、ホームズの言葉《ことば》にそむいて、ぼくはあやうく大声《おおごえ》を上《あ》げそうになりました。

「な、なんだ、あれは。あそこは、ぼくたちが前《まえ》に住《す》んでいた部屋《へや》じゃないか。それに、あそこにもホームズ、きみがいる。いったいどういうことなんだ!?」

5 あるはずのない風景《ふうけい》

221B BAKER STREET

そう、ガラスの向《む》こうに見《み》えたのは、ベーカー街《がい》二二一B《ビー》の建物《たてもの》。細《ほそ》いうら道《みち》を、ぐるぐる回《まわ》ったので気《き》づきませんでしたが、今《いま》、ぼくらがいる、この空《あ》き家《や》は、道路《どうろ》をはさんで真向《まむ》かいにあったのです。

そして、ぼくの目《め》にうつったベーカー街《がい》二二一B《ビー》の部屋《へや》の中《なか》は、なつかしい昔《むかし》のままでした。といっても、一《ひと》つだけ開《あ》いたままどのすき間《ま》から、ちょっと見《み》えただけですが……。家具《かぐ》も、かべ紙《がみ》も、ホームズ愛用《あいよう》の実《じっ》験道具《けんどうぐ》なども、みんな、あのころと同《おな》じように見《み》えました。

外《そと》はもう暗《くら》くなっていましたから、室内《しつない》には明《あ》かりがついています。

でも、そんな風景《ふうけい》があるはずはないのです。ホームズがいなくなったあと、それらの品物《しなもの》は、かたづけられ、売《う》られたり、よそにあずかってもらったりしたのですから。

ですが、もっと大《おお》きなおどろきは、ほかにありました。さっきの少《すこ》し開《あ》いたままどの、となりのまどに黒《くろ》くうかびあがったかげ――やせた体《からだ》つきといい、するどい顔立《かおだ》ちといい、それはだれが見《み》ても名探偵《めいたんてい》シャーロック・ホームズのすがたでした！

これはいったいどういうことかと見返《みかえ》すと、本物《ほんもの》のホームズは、やっぱりそこにいます。かれは、じまんそうにわらいながらいいました。

「どうだい、よくできているだろう。」

「ということは……あれは作《つく》り物《もの》なのかい。」

びっくりしてきくぼくに、ホームズは答《こた》えました。

「もちろんさ。フランスの有名《ゆうめい》なろう人形師《にんぎょうし》の作品《さくひん》だよ。ついこの間《あいだ》、できあがって、あの部屋《へや》に運《はこ》びこませたんだ。大家《おおや》のハドスンさんに、あの部屋《へや》を、昔《むかし》のようにもどしてもらうようにたのむのと、いっしょにね。」

「ハドスンさん、さぞかしびっくりしたろうな。だが、いったいなんのためにに、そんなことを？」

また、ホームズのわけのわからない行動《こうどう》が始《はじ》まったな――と、ぼくはあきれたり、なつかしがったりしながら、たずねました。

「それは――ほら、このまどの下《した》を見《み》てみたまえ。さっきより、さらに気《き》をつけて、ぜったいに気《き》づかれないようにね。」

いわれたとおりにして見《み》ると、この空《あ》き家《や》の前《まえ》に、男《おとこ》が一人《ひとり》立《た》って、ベーカー街《がい》二二一B《ビー》の建物《たてもの》を、見上《みあ》げているではありませんか。

「まともな労働者《ろうどうしゃ》には見《み》えない身《み》なりだが……ありゃ何者《なにもの》だい？」

「街角《まちかど》で人《ひと》をおそうのがとくいな、パーカーという強盗犯人《ごうとうはんにん》さ。だが、こいつはたいしたやつじゃない。こいつのボスというのがおそろしいやつで……。」

そう、いいかけたホームズを、ぼくはあわててさえぎりました。

「おい、あの人形《にんぎょう》、動《うご》いたぞ！」

さっきまで横顔《よこがお》を見《み》せていた人形《にんぎょう》のかげが、ひょいっと向《む》きをかえ、後《うし》ろすがたになってしまったからです。すると、ホームズは、きびしい口調《くちょう》でいいました。

221B
BAKER
STREET

「そりゃ動《うご》くさ。ハドスンさんにたのんで、十五分《ふん》に一《いっ》ぺんずつ、向《む》きをかえてもらっているんだから。かのじょのすがたは、ぜったいにまどから見《み》えないようにと、たのんでね。」

ちょうどそのとき、見《み》はりをしていたパーカーが、小走《こばし》りにどこかへ行《い》ってしまいました。

「いよいよだな。パーカーのやつ、ずっとあやって、ぼくたちの部屋《へや》を見《み》はっていたんだが、とうとうボスのところに知《し》らせに走《はし》ったな。『シャーロック・ホームズは、やはり生《い》きていました。われわれに、ねらわれているとも知《し》らず、のんきにしています』とね！」

ホームズはそういうと、ピストルを取《と》りだして、ぼくにいいました。

「ワトスン、これを持《も》っていてくれ。そして、ちょっとの間《あいだ》、何《なに》もしゃべらずに、ぼくといっしょに、ここにいてくれないか。」
ここまでくると、ぼくにもホームズが何《なに》を考《かんが》えているのか、この空《あ》き家《や》で何《なに》が起《お》きようとしているのか、わかってきました。

さて、それは——？　読者《どくしゃ》のみなさんは、もうおわかりでしょうか。

それからさらに、何時間《なんじかん》かが、すぎました。

ホームズがかしてくれたピストルを持《も》ち、きんちょうしながらしずかに待《ま》ちつづけていたとき、どこかでかすかな物音《ものおと》がしました。

はっとして耳《みみ》をすますと、今度《こんど》ははっきりと、この空《あ》き家《や》のドアが開《あ》き、だれかが入《はい》ってくるらしい音《おと》が聞《き》こえました。

ミシ、ミシ……と、ろう下《か》がきしみ、それがしだいに近《ちか》づいてきます。

だれかが、ぼくたちがいる部屋《へや》に、やってこようとしているのです。ホームズを見《み》ると、しせいをひくくして、かべにはりつくようにしています。ぼくも同《おな》じようにしながら、ピストルをにぎりしめました。

部屋《へや》の入《い》り口《ぐち》に、暗《くら》やみより黒《くろ》い人《ひと》かげが、あらわれました。黒《くろ》い人《ひと》かげは、ぼくのすぐそばを通《とお》りぬけ、まどのほうに向《む》かいます。

パーティーの帰《かえ》りなのか、白《しろ》いシャツの上《うえ》に*1フロックコートを着《き》て、*2オペラハットをかぶっています。ほかに、ステッキのようなものを持《も》っているようでした。

キーッ……いやな音《おと》を立《た》てながら、その人《ひと》かげはまどを半分《はんぶん》ほど開《あ》けました。そのとき、ベーカー街《がい》の明《あ》かりにてらされて、人《ひと》かげのすがたが、さらにはっきり、見《み》えてきました。

*1フロックコート…この当時《とうじ》の、昼間《ひるま》の男性用礼服《だんせいようれいふく》で、上着《うわぎ》のたけが長《なが》い。
*2オペラハット…夜会《やかい》や芝居《しばい》・演劇《えんげき》などを見《み》るときに用《もち》いる帽子《ぼうし》。おりたたみ式《しき》になっていて、おすと平《たい》らになる。

大《おお》きな口《くち》ひげを生《は》やし、ざんこくそうな、おそろしい顔《かお》つきをした男《おとこ》でした。手《て》にしたステッキのようなものをゆかにおくと、しゃがみこんで、何《なに》かカチャカチャと音《おと》を立《た》てはじめました。

ステッキのようなものと、コートの下《した》から取《と》りだした部品《ぶひん》とで、何《なに》かを組《く》み立《た》てているようです。金属《きんぞく》のようなものを、キリキリと回《まわ》すような音《おと》もしました。

やがて立《た》ちあがったところを見《み》ると、男《おとこ》はきみょうな形《かたち》をした、銃《じゅう》らしきものをかかえていました。さっきのステッキが、そんなものに化《ば》けたらしいのです。

男《おとこ》は、ステッキだった部分《ぶぶん》にたまをこめると、もう一度《いちど》、ゆかにしゃがみ、まどわくにきみょうな形《かたち》の銃《じゅう》をのせました。

その先《さき》は、真向《まむ》かいのまどにうつったかげに、ピタリと向《む》けられていました。

男《おとこ》はフーッと、まるでわらっているかのような息《いき》をはくと、体《からだ》をかたくしました。そして次《つぎ》のしゅん間《かん》、手元《てもと》の銃《じゅう》の引《ひ》き金《がね》を引《ひ》いたのです。

シュッ……という、かん高《だか》い音《おと》がしたかと思《おも》うと、向《む》かいのまどが、パリンとわれました。

と、そのときです。物《もの》かげからとびだしたホームズが、男《おとこ》の背中《せなか》にとびかかり、ゆかに引《ひ》きたおしました。

あおむけになったところをおさえつけましたが、相手《あいて》も必死《ひっし》でホームズの首《くび》をつかみ、しめあげようとします。そのとき、ぼくがピストルでえいっとなぐりつけ、ようやくおとなしくなりました。

ピーッ！　と、鳴《な》りひびいたのは、ホームズがふいた合図《あいず》の笛《ふえ》です。それを聞《き》いた私服《しふく》の刑事《けいじ》が一人《ひとり》に、制服《せいふく》の警官《けいかん》が二人《ふたり》、空《あ》き家《や》の外《そと》からどやどやとかけつけてきました。

刑事《けいじ》は、ぼくたちにはおなじみのレストレード警部《けいぶ》[*1]で、警官《けいかん》たちといっしょに男《おとこ》をとりおさえました。そのあとホームズの顔《かお》を見《み》るなり、

「ホ、ホームズさん！　お兄《にい》さんのマイクロフトさんからうかがっては

いましたが……ほんとうに生《い》きておられたんですね！」

おどろきをかくしきれないようすで、さけびました。

「やあ、おひさしぶり。どうも最近《さいきん》のロンドンは、[*2]迷宮入《めいきゅうい》りの事件《じけん》が多《おお》いようだから、仕方《しかた》なく帰《かえ》ってきましたよ。」

ホームズがそんなことをいってレストレード警部《けいぶ》をからかい、あきれさせるのも、三年前《ねんまえ》までと、まったく同《おな》じでした。それから、つかまったばかりの男《おとこ》を見下《みお》ろしながら、レストレード警部《けいぶ》にいいました。

「警部《けいぶ》、セバスチャン・モラン大佐《たいさ》をしょうかいしよう。モリアーティー教授《きょうじゅ》の第一《だいいち》の部下《ぶか》であり、軍人《ぐんじん》としてインドにいたときは、猛獣狩《もうじゅうが》りの名人《めいじん》として有名《ゆうめい》だった。そして、あのロナルド・アデア殺害《さつがい》の犯人《はんにん》でもある……。」

*1どやどや…大《おお》ぜいの人《ひと》が、さわがしく出入《ではい》りするようす。
*2迷宮入《めいきゅうい》り…犯罪事件《はんざいじけん》などで、犯人《はんにん》がわからず、解決《かいけつ》がつかないままになること。

その言葉《ことば》に、ぼくやレストレード警部《けいぶ》がぎょっとしたとき、モラン大《たい》佐《さ》とよばれた男《おとこ》が、けもののようなさけび声《ごえ》を上《あ》げながら、はげしくていこうしました。

「ライヘンバッハの滝《たき》以来《いらい》だね、モラン大佐《たいさ》。」

ホームズが、ふたたびとりおさえられたモラン大佐《たいさ》に、いいました。

「あのときは、きみが落《お》とした石《いし》に当《あ》たって、あやうく死《し》ぬところだったた。今度《こんど》はうまくいくつもりだったろうが、ざんねんだったね。」

その言葉《ことば》に、ぼくは、またもおどろかされたのでした。

6 ゆるせるはずのない罪悪《ざいあく》

ベーカー街《がい》二二一B《ビー》の部屋《へや》は、すみからすみまで、昔《むかし》と同《おな》じでした。
ホームズ愛用《あいよう》のバイオリンも、いくつもあるパイプも、これまでの事《じ》件《けん》の記録《きろく》などをおさめたたなも、何《なに》もかも。
これは、大家《おおや》のハドスン夫人《ふじん》が、ホームズの兄《あに》のマイクロフトにたのまれて、元《もと》の部屋《へや》のままに、もどしておいてくれたおかげです。
ただ、一《ひと》つだけ、昔《むかし》はなかったものがありました。それは、ホームズとそっくりに作《つく》られ、かれのガウンを着《き》せたろう人形《にんぎょう》でした。もっとも、上半身《じょうはんしん》しかなくて、小《ちい》さな台《だい》の上《うえ》にのせてあるのですが、これを、本物《ほんもの》

そっくりに見《み》せたのも、ハドスン夫人《ふじん》のお手《て》がらでした。

「ホームズさんからいわれたとおり、お向《む》かいの家《いえ》から見《み》られないように、ゆかをひざではっていって、人形《にんぎょう》の向《む》きをかえたんです。でも、とてもよくできていたのに、もったいないですね。このとおり、銃《じゅう》でうたれて、こんなにこわれてしまいました。」

たまは、人形《にんぎょう》の頭《あたま》をうちぬき、かべに当《あ》たったあと、ゆかに落《お》ちていたとのことです。

ハドスン夫人《ふじん》は「ほら、これですよ」と、拾《ひろ》っておいてくれたたまをホームズにわたすと、部屋《へや》を出《で》ていきました。

「見《み》たまえ、ワトスン。」

ホームズは、先《さき》がつぶれてキノコのようになった、たまをつまみあげながら、ぼくにいいました。

「これはダムダム弾《だん》といって、人間《にんげん》の体《からだ》にうちこまれると、体《からだ》の中《なか》で広《ひろ》がって、けがをひどくするおそろしいやつだ。ロナルド・アデアを殺《ころ》したのと同《おな》じ物《もの》だよ。」

「きみは、モラン大佐《たいさ》にもそういったが、やはりロナルド・アデアはかれに殺《ころ》されたのかい。ぼくには、二《ふた》つの事件《じけん》のむすびつきが、よくわからないんだが。」

ぼくがきくと、ホームズは、かれが大事《だいじ》にしているノートの、「M《エム》」のところを見《み》るようにいいました。

モリアーティー教授《きょうじゅ》の名前《なまえ》と、ならんでのっていた「セバスチャン・モラン」のこうもくには、かれがりっぱな大学《だいがく》を出《で》て、インドでは軍人《ぐんじん》として手《て》がらを立《た》てたこと、ロンドンにもどってからは、紳士《しんし》たちの集《あつ》まるクラブに入《はい》っていることが書《か》いてあったほか、「モリアーティー教《きょう》授《じゅ》につぎ、ロンドンで二番目《ばんめ》に危険《きけん》な男《おとこ》」とメモがしてありました。

それより、ぼくの目《め》をひいたのは、モラン大佐《たいさ》が入《はい》っていたクラブの名前《なまえ》でした。

「バガテル・クラブ……おい、これはロナルド・アデアが入《はい》っていたクラブの一《ひと》つで、殺《ころ》された日《ひ》もそこでトランプをしていたはずだ。ということは――？」

「そう、二人《ふたり》は同《おな》じクラブの会員《かいいん》で、よくいっしょにトランプで遊《あそ》んでいたんだよ。とくに二人一組《ふたりひとく》みでやるホイストというゲームで、コンビを組《く》んでよく勝《か》った。その日《ひ》も、たくさんのお金《かね》をもうけたが、それはモラン大佐《たいさ》が、[*1]いかさまをやった結果《けっか》だったことを、ロナルド・アデアは知《し》ってしまった。まじめなアデアはたいへんにおこったが、そのことを明《あき》らかにして、モラン大佐《たいさ》にはじをかかせたら、かれは紳士《しんし》の集《あつ》まりに出《で》られなくなってしまう。それではかわいそうだというので、反省《はんせい》してお金《かね》を返《かえ》せば、だまっておいてやるといった。

だが、心《こころ》がひねくれたモラン大佐《たいさ》は反省《はんせい》どころか、いかりくるった。金《かね》を返《かえ》すくらいなら、アデアを殺《ころ》して[*2]口《くち》ふうじをしようと考《かんが》えた。」

「なんてやつだ。もとはりっぱな軍人《ぐんじん》だったのに、そんな考《かんが》え方《かた》をするようになるとはな。どんな神様《かみさま》だって、ゆるせるはずのない罪悪《ざいあく》だ。」

「ワトスン、ぼくは、そこに人間《にんげん》が悪《あく》の道《みち》に落《お》ちていくひみつが、かくれているような気《き》がするよ。それはともかく、モラン大佐《たいさ》は、クラブから帰《かえ》ったアデアのあとをつけ、かれを殺《ころ》すチャンスをうかがった。一方《いっぽう》、アデアは自分《じぶん》がもうけたお金《かね》も、負《ま》けた人《ひと》に返《かえ》さなくてはと、自分《じぶん》の部屋《へや》で、お金《かね》を数《かぞ》えはじめた。お休《やす》みなさいをいいに来《き》た母親《ははおや》や妹《いもうと》に見《み》られないように、部屋《へや》にかぎをかけてね。」

「ところが、外《そと》に面《めん》したまどが開《あ》いていた。」

ぼくがいうと、ホームズはうなずいて、話《はなし》をつづけました。

「そう、そこをモラン大佐《たいさ》にねらわれたんだ。かれが使《つか》ったのは空気銃《くうきじゅう》

＊1いかさま…正《ただ》しくないこと。行《おこな》いに、だましやごまかしなどの、うたがわしいことがある。
＊2口《くち》ふうじ…人《ひと》に知《し》られてはまずいひみつなどを、ほかの人《ひと》にしゃべらせないようにすること。

だ。あれなら、ばらばらに分解《ぶんかい》できるから、あやしまれずに持《も》ちはこべる。しかも、かなり強力《きょうりょく》なうえに、ふつうの銃《じゅう》のように火薬《かやく》がはれつする音《おと》がしないから、まわりに気《き》づかれずにすむ。

こうして、正《ただ》しい心《こころ》をもったわかい貴族《きぞく》が、ずるがしこい悪人《あくにん》に、命《いのち》をうばわれてしまったんだ。」

「そういうことだったのか……。だが、ずるがしこいモラン大佐《たいさ》も、きみを殺《ころ》すことはできなかった。」

ぼくは、ため息《いき》をつきながら、いいました。ホームズはそんなぼくを見《み》ながら、さらにくわしく説明《せつめい》してくれました。

「ロナルド・アデアが殺《ころ》されたときのようすを聞《き》き、かれとモラン大佐《たいさ》が、同《おな》じクラブのトランプ仲間《なかま》であると知《し》ったとき、ぼくには、もう

真相《しんそう》がわかってしまった。
さて、モラン大佐《たいさ》は、ぼくをモリアーティー教授《きょうじゅ》のかたきとねらい、ぼくがほんとうに死《し》んだかどうか、うたがっていた。
そんなモラン大佐《たいさ》に、『シャーロック・ホームズが、ベーカー街《がい》に帰《かえ》ってきた』と知《し》らせたらどうなる？　おとくいの空気銃《くうきじゅう》で、ぼくをうち殺《ころ》そうとするだろうし、そのためには、向《む》かいの空《あ》き家《や》からねらうのがいちばんいい。そこで、こんな人形《にんぎょう》を作《つく》らせて、この部屋《へや》におき、モラン大《たい》佐《さ》を待《ま》ちぶせしたというわけさ！」

「お見事《みごと》だ。そして、きみはモリアーティー教授《きょうじゅ》なき今《いま》、ロンドンでいちばん危険《きけん》な犯罪者《はんざいしゃ》をつかまえるのに成功《せいこう》したわけだ。できれば、昔《むかし》のようにこの部屋《へや》で、いろいろな事件《じけん》に取《と》りくんでほしいものだね。」

ぼくがそういうと、ホームズは少《すこ》してれたように、こう答《こた》えたのです。

「それは……もちろんさ。」

みなさん、こうしてわれらが名探偵《めいたんてい》シャーロック・ホームズは、ぼくたちのもとに帰《かえ》ってきました。そしてここにまた、新《あたら》しい冒険《ぼうけん》が、始《はじ》まったのです。

（「空《から》っぽの家《いえ》の冒険《ぼうけん》」おわり）

エピソード 02

おどる人形《にんぎょう》の暗号《あんごう》

1 見《み》えない心《こころ》の中《なか》

シャーロック・ホームズは、さっきから、もう何時間《なんじかん》も、化学《かがく》の実験《じっけん》をしていました。

いすにこしかけたホームズは、背中《せなか》を丸《まる》め、へんなにおいのする薬品《やくひん》の入《はい》った器《うつわ》を、かきまぜています。ぼくは、その後《うし》ろすがたをながめながらも、声《こえ》はかけませんでした。実験《じっけん》のじゃまをしてはいけないと思《おも》ったのと、ぼくはぼくで、べつに考《かんが》えることがあったからです。

気《き》がつくと、ぼくは左手《ひだりて》の親指《おやゆび》と人《ひと》さし指《ゆび》の間《あいだ》をさすっていました。

夕《ゆう》べサーストンという友人《ゆうじん》と会《あ》って、帰《かえ》ってきてから、ちゃんと手《て》をあ

らったはずですが、まだ何《なに》かがついているようで、気《き》になったのです。
と、そのときです。それまでだまっていたホームズが、いきなり話《はな》し
かけてきたのです。

「すると、きみは*1南《みなみ》アフリカの*2金鉱《きんこう》の*3株《かぶ》を買《か》うつもりはないのだね。」

ぼくは、びっくりしてしまいました。心《こころ》の中《なか》で考《かんが》えていたことを、いきなり、のぞき見《み》されたような気《き》がしたからです。

「ど、どうして、そんなことがわかるんだ、ホームズ。」

すると、けむりの上《あ》がっている試験管《しけんかん》を手《て》に、ホームズは、こちらをふりかえりました。そして、さもゆかいそうに、いうのです。

「どうだい、びっくりしただろう。」

「びっくりしたとも。外《そと》からは見《み》えないはずの、人《ひと》の心《こころ》をいいあてるなんて、すごいと感心《かんしん》したね。」

ぼくが答《こた》えると、ホームズは、にやっとわらいました。

「なら、そのことを紙《かみ》に書《か》いて、サインをしてほしいね。」

「なんで、そんなことをするんだい。」

「どうせ、すぐに『なんだ、そんなことか。かんたんじゃないか』というに決《き》まってるからさ。」

「そんなこというもんか。」

首《くび》をふるぼくに、ホームズは、大学《だいがく》の先生《せんせい》*4が講義《こうぎ》をするような調子《ちょうし》で、話《はな》しはじめました。

「じゃあ、きみの考《かんが》えていることが、どうしてぼくにわかったか、教《おし》えてあげよう。一《ひと》つ一《ひと》つのことがらを、推理《すいり》でつないでいっただけなんだ。その結果《けっか》、きみの左手《ひだりて》の親指《おやゆび》と、人《ひと》さし指《ゆび》の間《あいだ》を見《み》ただけで、きみがもうけ話《ばなし》に乗《の》るのを、やめたことがわかったんだよ。」

「そのどこにも、つながりなんてないように思《おも》うんだが。」

＊1南《みなみ》アフリカ…現在《げんざい》の南《みなみ》アフリカ共和国《きょうわこく》のこと。アフリカ大陸《たいりく》のもっとも南《みなみ》にある。＊2金鉱《きんこう》…ここでは金《きん》のとれる鉱《こう》山《ざん》(金山《きんざん》)のこと。＊3株《かぶ》…会社《かいしゃ》が、お金《かね》を集《あつ》めるために発行《はっこう》する株券《かぶけん》のこと。株《かぶ》を売《う》って、得《え》たお金《かね》で会社《かいしゃ》を運営《うんえい》していく。＊4講義《こうぎ》…学問《がくもん》について、教《おし》え聞《き》かせること。またその話《はなし》。

ぼくは、さっぱりわけがわからずに、ききました。
「それがあるのさ。まず一《ひと》つ目《め》に、夕《ゆう》べ帰《かえ》ってきたとき、きみの左手《ひだりて》には、青《あお》いものがうっすらとついていたということ。それも、親指《おやゆび》と人《ひと》さし指《ゆび》の間《あいだ》にね。二《ふた》つ目《め》に、これは玉《たま》つきをするとき、キューというぼうの先《さき》に、すべりどめにぬるチョークだということ。ちがうかね。」
「た、たしかに、そうだ。」
ぼくは、いつの間《ま》に知《し》られていた

のかと、おどろきながら答《こた》えました。キューを右手《みぎて》でかまえるときには、先《さき》のほうを左手《ひだりて》の指《ゆび》ではさんだり、ささえたりしますから、青《あお》いチョークの粉《こな》が、つくことがあるのです。

「三《みっ》つ目《め》に、ということは、きみは夕《ゆう》べ、玉《たま》つきをしていたことになるが、きみが、この遊《あそ》びをいっしょにやるのは、友人《ゆうじん》のサーストンだけということ。四《よっ》つ目《め》に、そのサーストンは、きみに『南《みなみ》アフリカで金《きん》をほる会社《かいしゃ》の株《かぶ》をいっしょに買《か》わないか』という話《はなし》をしたということ。一か月《げつ》くらい前《まえ》に、きみからそう聞《き》いたよ。」

「よくおぼえていたな。ぼくのほうは、すっかりわすれていたよ。」

ぼくはもう、おどろきあきれるばかりでした。ホームズがつづけます。

「その株《かぶ》を買《か》うなら一か月以内《げついない》だと、きみはいっていたから、期限《きげん》はもうすぐ。五《いつ》つ目《め》に、きみの*小切手帳《こぎってちょう》はぼくの引《ひ》き出《だ》しに入《い》れてあるが、ぼくにかぎをかしてくれとはいわないこと。つまり、南《みなみ》アフリカの株《かぶ》を買《か》うつもりはないらしい……と、こんなふうに推理《すいり》したださ。」

「聞《き》いてみれば、なんだ、そんなことか。かんたんじゃないか。」

ぼくは、思《おも》わずそういってしまいました。するとホームズは、ちょっとふきげんな顔《かお》になりましたが、すぐに、にがわらいをうかべながら、

「ほうら、やっぱりいった。どんななぞも、解《と》いてみれば、こんなものだよ。ほんとうは、そこにいくまでがたいへんなんだが……。それならワトスンくんには、まだ解《と》かれていないなぞを、解《と》いてもらおうかな。さて、これをなんだと思《おも》う?」

そういって、テーブルの上《うえ》に投《な》げてよこしたのは、一見《いっけん》ただの紙切《かみき》れ

2

読《よ》めない絵《え》文字《もじ》

それから間《ま》もなく、部屋《へや》に入《はい》ってきたのは、ホームズがいったキュビット氏《し》でした。背《せ》が高《たか》く、ひげをきれいにそった、りっぱな紳士《しんし》です。霧《きり》のロンドンとはちがう、自然《しぜん》のゆたかな土地《とち》からやってきたのか、キュビット氏《し》は顔色《かおいろ》もよく、すんだ目《め》をして、いかにも健康的《けんこうてき》でした。

かれは、ぼくたちとあく手《しゅ》をし、にこやかにあいさつをしました。けれど、テーブルの紙切《かみき》れを見《み》たとたん、暗《くら》い表情《ひょうじょう》になっていいました。

「ホームズさん、このへんてこな絵《え》とも文字《もじ》ともつかないものの正体《しょうたい》は、もうわかりましたか。あなたは、きみょうななぞを解《と》くのがすきだそうですが、これほどきみょうなものは、はじめてではありませんか。」

「たしかに、きみょうですね。たくさんの人形《にんぎょう》みたいなものが、紙《かみ》の上《うえ》でおどっていて、まるで、子《こ》どものいたずら書《が》きだ。でも、こんなものを、どうしてそんなに気《き》になさるのです？」

「気《き》にしているのは、わたしの妻《つま》なんですよ。それは、もう、死《し》ぬほどこわがっていまして……。この問題《もんだい》をなんとかしてやりたいのです。」

ホームズは、その紙切《かみき》れを取《と》りあげると、日光《にっこう》にすかして見《み》つめてい

ましたが、やがてキュビット氏《し》に、いいました。

「わかりました。これは、ぼくがあつかった中《なか》でも、かなり異常《いじょう》で、これまでにない事件《じけん》となりそうですね。この紙切《かみき》れといっしょにいただいた手紙《てがみ》にも、だいたいは書《か》いてありましたが、ここには友人《ゆうじん》で協力《きょうりょく》者《しゃ》のワトスン博士《はかせ》もいますし、くわしく話《はな》していただけませんか。」

「はい……わがキュビット家《け》は、*1ノーフォーク州《しゅう》でもっとも古《ふる》い家《いえ》で、リドリング・ソープという場所《ばしょ》に、五百年《ねん》も*2荘園《しょうえん》をもつ地主《じぬし》です。」

そういって、キュビット氏《し》は話《はな》しはじめました。たくましい手《て》を開《ひら》いたりとじたりしているのが、いかにも不安《ふあん》そうに見《み》えました。

「去年《きょねん》、ビクトリア女王《じょおう》が、今《いま》の位《くらい》におつきになって六十年《ねん》になるお祝《いわ》いの式《しき》が開《ひら》かれましたね。あの式《しき》を見《み》るため、わたしはロンドンにやっ

*1ノーフォーク…イギリスの東部《とうぶ》にある地域《ちいき》。

*2荘園《しょうえん》…その家《いえ》が代々《だいだい》おさめてきた広大《こうだい》な農園《のうえん》。

てきたのですが、そのとき、とまらせてもらった牧師《ぼくし》さんの家《いえ》で、エルシイ・パトリックという、アメリカ人《じん》の女《おんな》の人《ひと》と知《し》り合《あ》いました。ロンドンには一か月《げつ》ほどいたのですが、その間《あいだ》に、わたしはエルシイのことがすきになり、ぜひ結婚《けっこん》したいと思《おも》うようになりました。エルシイは、とてもすばらしい女性《じょせい》ですが、少《すこ》しかわったところがありました。というのは、自分《じぶん》の昔《むかし》のことを話《はな》そうとしないのです。とうとう、あしたには役所《やくしょ》に、結婚《けっこん》とどけを出《だ》すというときになって、かのじょは、わたしにこんなことをいってきました。

『わたくしには、とてもつらい過去《かこ》があって、全部《ぜんぶ》わすれてしまいたいのです。ですから、あなたと出会《であ》う前《まえ》のことは、何《なに》もきかないでいただきたいのです。もし、そんなわたくしが、おいやならば、このまま結婚《けっこん》を取《と》りやめになさっても、かまいません。』

わたしは、エルシイのたのみを聞《き》きいれることにしました。そして、かのじょをつれて、ノーフォークにもどったのでした。」

キュビット氏《し》は、おくさんと知《し》りあったころのことを思《おも》い出《だ》しながら、いうのでした。

「そして、その後《ご》は、どうなりましたか。」

だまって考《かんが》えこんでいるホームズに代《か》わって、ぼくがたずねます。

「はい。結婚《けっこん》してしばらくは幸《しあわ》せでした。それが先月《せんげつ》、一通《つう》の手紙《てがみ》がとどいたことから、めちゃくちゃになってしまったのです。」

「めちゃくちゃに――？　それは、どんな手紙《てがみ》だったのですか。」

「さしだし人不明《にんふめい》の、妻《つま》にあてた手紙《てがみ》でした。アメリカの切手《きって》がはってあったのをおぼえています。

それを見《み》たとたん、妻《つま》の顔《かお》は真《ま》っ青《さお》になり、読《よ》みおえると、もやしてしまいました。ですから、何《なに》が書《か》いてあったかはわかりませんし、かのじょも手紙《てがみ》のことは話《はな》そうとしません。

そして、そのときからというもの、エルシイは一日《にち》じゅう、おびえていて、一時《いっとき》も安心《あんしん》できないようすでした。わたしはかのじょのいちばんの味方《みかた》なのですから、相談《そうだん》してくれればいいのに。かのじょは、何《なに》がそんなにこわいのか、一言《ひとこと》も話《はな》してくれないのでした……。」

キュビット氏《し》は、ざんねんそうにいいました。ぼくが、なんといってなぐさめたものか、まよっていると、ふいにホームズが口《くち》を開《ひら》きました。

「そんなときに、あのきみょうな、おどる人形《にんぎょう》があらわれたのですね。」

「そうなのです。」

と、キュビット氏《し》は、うなずきました。

「先週《せんしゅう》の火曜日《かようび》のことです。わが家《や》のまどわくの下《した》のほうに、前《まえ》に送《おく》ったような絵文字《えもじ》が、チョークでかいてあったのです。馬小屋《うまごや》の番《ばん》をさせている、少年《しょうねん》のいたずらかと思《おも》ってきいてみると、かれも知《し》らないといいます。

わたしは、その落書《らくが》きを消《け》させると、エルシイにその話《はなし》をしました。すると、かのじょは、いたずらだとは、考《かんが》えなかったらしく、『今度《こんど》同《おな》じようなものが見《み》つかったら、見《み》せてください』というのです。

それから一週間《しゅうかん》たった、きのうの朝《あさ》、こちらに送《おく》った紙切《かみき》れが、庭《にわ》の日時計《*ひどけい》の上《うえ》で見《み》つかったのです。それをエルシイに見《み》せたところ、なんと気《き》をうしなって、たおれてしまったではありませんか。

もうこうなっては、ホームズさんのような人《ひと》の知恵《ちえ》を、おかりするほかありません。いったい、どうしたらいいのでしょう。エルシイをこのくるしみからすくってやれるのならば、いくらお金《かね》がかかっても、かまいません。」

そういうキュビット氏《し》のようすからは、この人《ひと》がほんとうにまじめで、心《こころ》のそこからおくさんを信《しん》じ、愛《あい》していることがつたわってきました。

「いちばんいいのは、どんなひみつをかかえているのか、あなたが、じかにおくさんに、きいてみることだと思《おも》うのですが、どうでしょう。」

ホームズがいうと、キュビット氏《し》は首《くび》をふりました。

「もし、エルシイに話《はな》すつもりがあるのなら、話《はな》しているでしょう。話《はな》

＊日時計《ひどけい》…太陽《たいよう》の光《ひかり》を受《う》けてできる、針《はり》のかげの位置《いち》で時《じ》こくを知《し》るしかけ。

したくないものを、無理《むり》にきくことなんかしたくありません。ただ、自分《じぶん》なりに調《しら》べるのなら、かまわないと考《かんが》えて、こうしているのです。」

これには、ホームズも、うなずかないわけにはいきませんでした。

「わかりました。あなたのご依頼《いらい》を引《ひ》きうけましょう。」

「ありがとうございます。」

キュビット氏《し》は、お礼《れい》をいいました。ホームズはうなずくと、

「では、まず質問《しつもん》させてください。あなたが住《す》んでいるのは、たいへんしずかでおだやかな土地《とち》のようですね。もし、そこに見《み》なれない人間《にんげん》があらわれたとしたら、とても目立《めだ》つのではありませんか。」

「うちのすぐ近所《きんじょ》ならばそうです。でも、少《すこ》しはなれたところに小《ちい》さな海水浴場《かいすいよくじょう》があるので、そこなら、目立《めだ》ちませんよ。」

「なるほどね。では、こうしましょう、キュビットさん。あなたは、とりあえずノーフォークに帰《かえ》り、あやしい人間《にんげん》があらわれないか、気《き》をつけていてください。そして、もしも、これと同《おな》じような絵文字《えもじ》がどこかにあらわれたら、できるだけ正確《せいかく》に写《うつ》しとって、ぼくに送《おく》ってください。

さいしょにチョークでかかれた絵文字《えもじ》が、のこっていないのは、ざんねんです。このきみょうなおどる人形《にんぎょう》たちには、かならず意味《いみ》があると思《おも》うのですが、今《いま》ある分《ぶん》だけでは、短《みじか》すぎて推理《すいり》のしようがないのです。」

「わかりました。」

「また、何《なに》か新《あたら》しいことがわかったなら、ここへ来《き》て知《し》らせてください。

そしてもし、それではすまないような、きんきゅう事態《じたい》が起《お》きたら、ぼくがすぐかけつけますから。」

ホームズは、たのもしいようすでいいました。そして、キュビット氏《し》は、やっと安心《あんしん》したようすで、帰《かえ》っていったのでした。

3

きりのない暗号《あんごう》

それから二週間《しゅうかん》ほどして、ヒルトン・キュビット氏《し》から、「ロンドンに行《い》く」という*電報《でんぽう》が、とどきました。そのあと、すぐにやってきたキュビット氏《し》は、前《まえ》に会《あ》ったとき以上《いじょう》に、つかれはてているようすでした。

「いやはやホームズさん、今度《こんど》のことでは気《き》がおかしくなりそうですよ。えたいの知《し》れない連中《れんちゅう》がいるというだけでも、気味《きみ》が悪《わる》いのに、そのせいで、妻《つま》

*電報《でんぽう》…電気《でんき》で信号《しんごう》を送《おく》ってメッセージをとどけるしくみ。また、その文章《ぶんしょう》。

がおそれおののいている。エルシイは、どんどんやせおとろえて、今《いま》にも死《し》にそうです。なんとか助《たす》けてやってください。」

キュビット氏《し》は、いすに体《からだ》をしずみこませながら、いうのでした。

「おくさんは、あなたに何《なに》か話《はな》してくれましたか。」

ホームズが質問《しつもん》すると、キュビット氏《し》は首《くび》をふりました。

「いえ……どうしても、決心《けっしん》がつかないようなのです。

『わがキュビット家《け》は、ノーフォーク州《しゅう》でもひょうばんの名門《めいもん》だ。どんなことになろうと、びくともしないから安心《あんしん》して話《はな》しなさい。』

と、はげますつもりでいったんですが、ききめはないようでした。」

(そんないい方《かた》をするから、ますますいけないんじゃないかな。)

と、ぼくは思《おも》いましたが、だまっておきました。

「それ以外《いがい》に、何《なに》かわかったことはありましたか。」

ホームズがたずねました。キュビット氏《し》は大《おお》きくうなずいて、

「ありましたとも。だから、こうして来《き》たんですよ。あの絵文字《えもじ》の、新《あたら》しいのが見《み》つかったんです。しかも、それをかいているところまでね。」

「なんですって、じゃあ、おどる人形《にんぎょう》をかいている人間《にんげん》を見《み》たんですね!?」

ぼくは思《おも》わず声《こえ》を上《あ》げ、ホームズも目《め》をみはりました。

キュビット氏《し》の話《はなし》によると、こんなことがあったというのです――。

キュビット氏《し》がベーカー街《がい》から帰《かえ》った、よく朝《あさ》のことです。かれの家《いえ》の庭《にわ》にある小屋《こや》の、黒《くろ》い木《き》のドアに、また、新《あたら》しい絵文字《えもじ》がかいてあるのが見《み》つかりました。

キュビット氏《し》は、それらをかき写《うつ》し、元《もと》の絵文字《えもじ》は消《け》しておきました。

すると、その二日後《ふつかご》に、またべつの、新《あたら》しい絵文字《えもじ》がかかれていたというのです。

これもかき写《うつ》して消《け》しておきましたが、そのまたよく日《じつ》になると、今度《こんど》は、庭《にわ》の日時計《ひどけい》の上《うえ》に、小石《こいし》をのせた紙《かみ》がおいてありました。

そこには、さっきの二《ふた》つと同《おな》じ絵文字《えもじ》が、まとめてかいてあったのです。

これらを見《み》たキュビット氏《し》は、こんなにしょっちゅう家《いえ》のしき地内《ちない》に入《はい》って、勝手《かって》なことをされてはたまらない、落書《らくが》

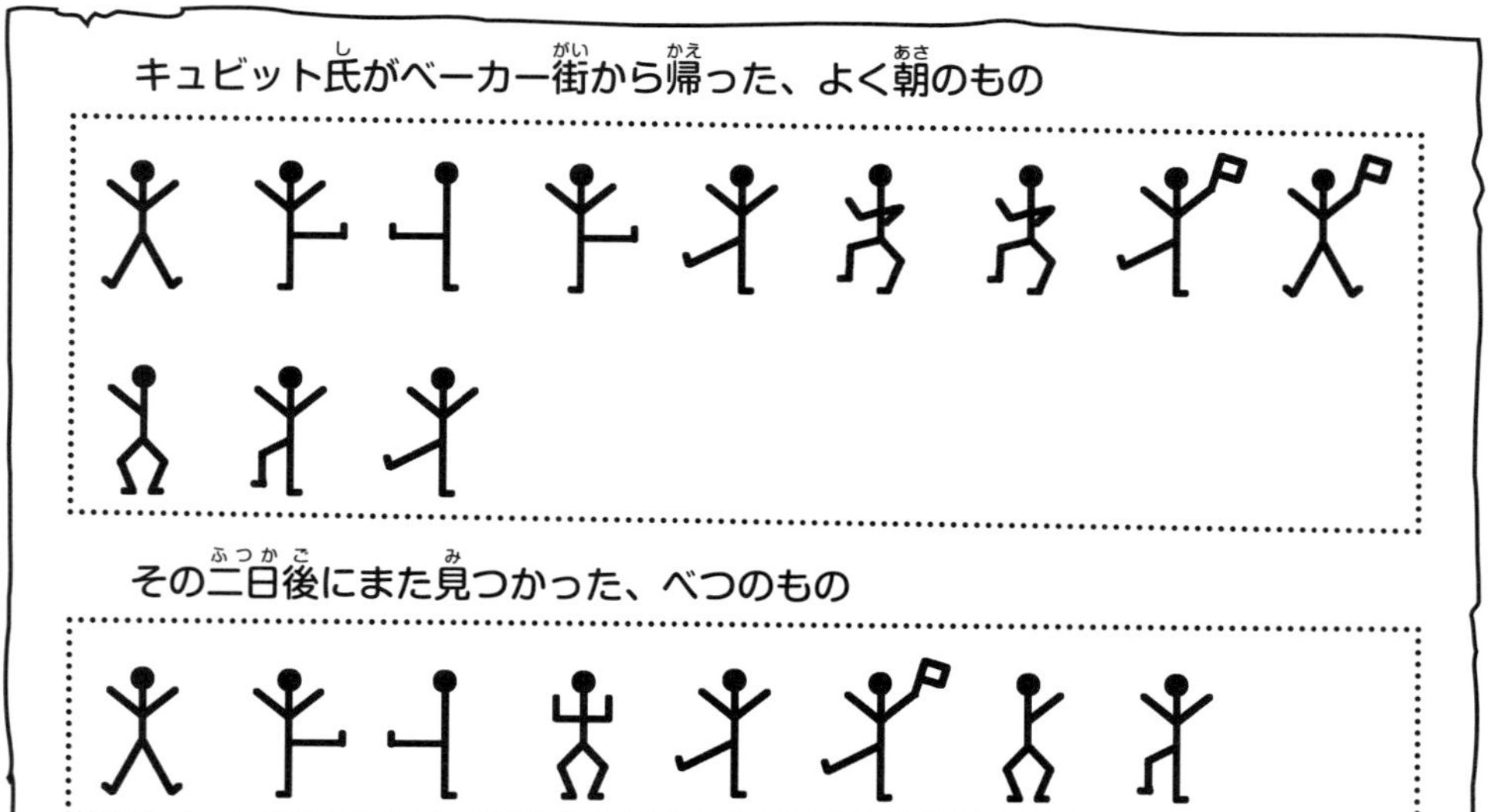

二《ふた》つ目《め》の暗号文《あんごうぶん》

きをするやつを待《ま》ちぶせして、つかまえてやろうと決心《けっしん》しました。
そこで、夜通《よどお》しで見《み》はりをすることにしました。ピストルを用意《ようい》し、自分《じぶん》の部屋《へや》の、まどのそばにいすをおき、外《そと》を見《み》つめていました。
午前《ごぜん》二時《じ》ころ、後《うし》ろで足音《あしおと》がするので、はっとしてふりかえると、そこにはキュビット氏《し》のおくさんのエルシイが、立《た》っていました。

「もうお休《やす》みになっては、いかがですか。」

ガウンすがたのエルシイは、心配《しんぱい》そうにいいました。

「いや、そうはいかない。こんなつまらない、いたずらをするやつを、この目《め》でしっかりと、たしかめたいんだ。」

キュビット氏《し》はがんこに、おくさんの言葉《ことば》をはねつけました。

「そんなにこの家《いえ》にいていやな思《おも》いをするなら、いっそのこと、旅行《りょこう》にでも行《い》きましょうよ。」

エルシイはいいます。キュビット氏《し》はむろん、しょうちしません。

「何《なに》をいうか。なぜ、われわれのほうが出《で》ていかねばならんのだ。」

「とにかく、今夜《こんや》はもうねて、明日《あす》の朝《あさ》にでも話《はな》し合《あ》いましょうよ。」

エルシイは、キュビット氏《し》の肩《かた》に手《て》をかけながら、いいました。

その顔《かお》は、まどから入《はい》ってくる月《つき》の光《ひかり》で、ひどく青白《あおじろ》く見《み》えました。

と、そのときです。エルシイの手《て》に、ぐっと力《ちから》が入《はい》りました。そればかりか、顔《かお》もいっそう青《あお》ざめているではありませんか。

キュビット氏《し》が、まどのほうをふりかえると、前《まえ》に絵文字《えもじ》がかかれていた小屋《こや》のかげで、何《なに》かが動《うご》いているのが見《み》えました。

黒《くろ》くて、うす気味《きみ》の悪《わる》い人《ひと》かげが、はうように小屋《こや》のとびらの前《まえ》に回《まわ》りこみ、そこにしゃがみこみました。

「とうとう来《き》おったな。にがすものか！」

キュビット氏《し》はそうさけぶと、ピストルをつかみ、部屋《へや》からとびだそうとしました。そこへエルシイが、

「あなた、あぶないからやめて！」

そうさけぶと、首《くび》にだきついてきました。それをふりはらって、キュビット氏《し》が家《いえ》の外《そと》に出《で》たときには、もうそこにはだれもいませんでした。でも、たしかに小屋《こや》の前《まえ》に、だれかがいた*証拠《しょうこ》はのこってました。あのおどる人形《にんぎょう》の絵文字《えもじ》が、またしてもそこにあったのです。

前《まえ》にかかれていたのと同《おな》じ、小屋《こや》のとびらにかかれていたおどる人形《にんぎょう》——それは、キュビット氏《し》が二度《ど》に分《わ》けて写《うつ》しを取《と》り、そのあと庭《にわ》の日

時計《どけい》の上《うえ》で見《み》つかったものと、まったく同《おな》じものでした。

キュピット氏《し》は、まわりにだれもいないのをたしかめると、仕方《しかた》なく家《いえ》にもどり、そのままベッドに入《はい》って、ねてしまいました。

ところが……あのあやしい人《ひと》かげは、そのままにげてしまったのではなかったようなのです。というのは、その次《つぎ》の日《ひ》、夕《ゆう》べ消《け》さずにおいた、小屋《こや》のとびらの絵文字《えもじ》の下《した》に、新《あたら》しいおどる人形《にんぎょう》がもう一行分《ぎょうぶん》、かきたしてあったのです。

「これはおもしろい。なぞときの材料《ざいりょう》が一気《いっき》にふえたぞ。すばらしい！」

ホームズは、新《あたら》しくふえた絵文字《えもじ》の写《うつ》しを前《まえ》に、手《て》をこ

＊証拠《しょうこ》…事実《じじつ》であることを明《あき》らかにするための、理由《りゆう》となる資料《しりょう》。

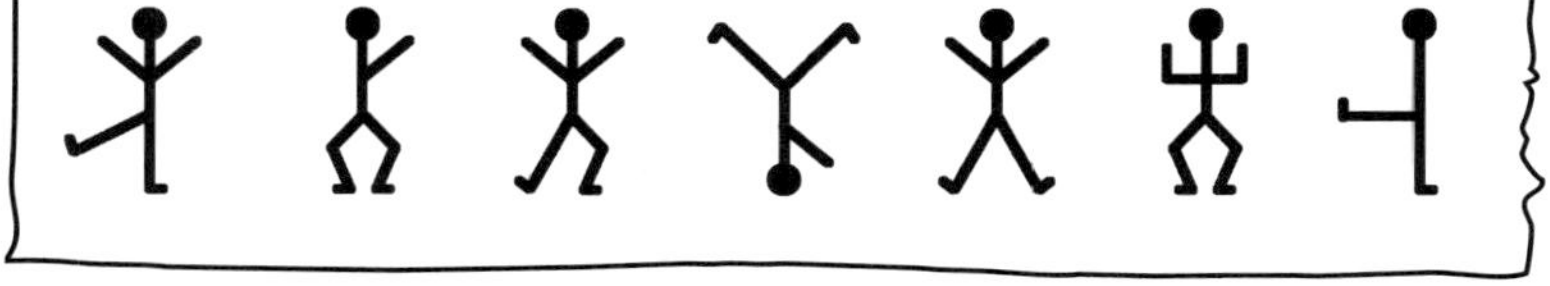

三《みっ》つ目《め》の暗号文《あんごうぶん》

すりあわせました。これは、かれが強《つよ》いきょうみを感《かん》じているときのくせなのです。

「ありがとう、おかげで、希望《きぼう》が見《み》えてきましたよ。これはまちがいなく、何《なに》かの暗号《あんごう》ですし、これだけ集《あつ》まれば、解読《かいどく》できそうです。ほかに、何《なに》かわかったことは？」

「いえ、それだけです。」

きげんのいいホームズとは反対《はんたい》に、キュビット氏《し》はゆううつそうな顔《かお》でいいました。

「わたしが気《き》になっているのは、あのときエルシイが、わたしを止《と》めたのは、わたしのことを心配《しんぱい》したからではなくて、あのあやしい人《ひと》かげをつかまえる、じゃまをしたのではないかということです。

ホームズさん、わたしはいったいどうしたらいいのでしょう。うちの農場《のうじょう》ではたらいているわかい者《もの》たちを、ひそませておいて、あいつがあらわれたらすぐにつかまえ、むちで打《う》ちのめしてやりましょうか。」

「そんなやり方《かた》で、つかまえられる相手《あいて》ではない気《き》もしますね。ロンドンには、いつまでおられるのですか。」

「いえ、すぐにリドリング・ソープの荘園《しょうえん》に帰《かえ》ります。妻《つま》のエルシイを、一人《ひとり》でのこしておくわけにはいきませんから。」

「わかりました。しばらくロンドンにおられるなら、その間《あいだ》にこれらの暗号《あんごう》を解《と》いて、あなたの家《いえ》まで、いっしょに行《い》こうと思《おも》ったのですが……。では、ひとまず、さようなら。近《ちか》いうちに、おうかがいします。」

ホームズはそういって、ヒルトン・キュビット氏《し》を送《おく》りだしました。

そのあとすぐ、おどる人形《にんぎょう》の絵文字《えもじ》のなぞ解《と》きに取《と》りかかったのですが、そのときはぼくはもちろん、ホームズも、このあと、どんなにおそろしいことが起《お》きるか、少《すこ》しも予想《よそう》できていなかったのでした……。

4 間《ま》にあわない汽《き》車《しゃ》

キュビット氏《し》が帰《かえ》るとすぐ、ホームズは、なぞ解《と》きにかかりました。新《あら》たに手《て》に入《はい》った、おどる人形《にんぎょう》の絵文字《えもじ》をならべ、べつに新《あたら》しい紙《かみ》を何《なん》まいも使《つか》って、数字《すうじ》や文字《もじ》を次《つぎ》から次《つぎ》へと、書《か》きつけていきます。

ときには口笛《くちぶえ》をふいたり、ときには鼻歌《はなうた》をもらしたりしながら……。

かと思《おも》えば、仕事《しごと》にいきづまったのか、ひたいにしわをよせ、ぼんやりした目《め》で、いすにすわりっぱなしということもありました。

二時間《じかん》ほどたったでしょうか。ぼくがいることもわすれて暗号《あんごう》の解読《かいどく》に取《と》りくんでいたホームズは、いきなり立《た》ちあがると、さけびました。

「やったぞ!」

いつもよりいきおいよく手《て》と手《て》をこすりあわせながら、部屋《へや》の中《なか》を行《い》ったり来《き》たりしていましたが、やがて何《なに》かの紙《かみ》に文章《ぶんしょう》を書《か》きだしました。見《み》ると、それは海外《かいがい》に電報《でんぽう》を打《う》つための用紙《ようし》でした。しかしなぜこの事件《じけん》で、外国《がいこく》に電報《でんぽう》を打《う》つ必要《ひつよう》があるのか、ぼくにはふしぎでした。

「さあ、この電報《でんぽう》の返事《へんじ》が楽《たの》しみだ。ぼくの考《かんが》えが正《ただ》しければ、きみが書《か》いてくれる記録《きろく》に、すてきな事件《じけん》をくわえることができそうだよ。」

「そう期待《きたい》してもいいかな。」

「もちろんさ。早《はや》ければ明日《あす》にもノーフォークに行《い》って、キュビット氏《し》のなやみを解決《かいけつ》してあげられるよ。」

しかし、電報《でんぽう》の返事《へんじ》はいっこうに来《き》ませんでした。ベルが鳴《な》って、その音《おと》にホームズがはっと耳《みみ》をそばだてているうちに、二日《ふつか》がすぎました。

いらいらしながら待《ま》ちつづけた二日目《ふつかめ》の夜《よる》、ぼくらの元《もと》にとどいたのは、外国《がいこく》からの電報《でんぽう》ではなく、キュビット氏《し》からの手紙《てがみ》でした。

……おかげさまで、わたしのほうは、あれから何事《なにごと》も起《お》きず、妻《つま》のエルシイとともに、無事《ぶじ》にすごしています。ただ、けさになって、日時計《ひどけい》の上《うえ》に、また、おどる人形《にんぎょう》の絵文字《えもじ》をかいた紙《かみ》を見《み》つけました。

ねんのため写《うつ》しを送《おく》りますが、また何《なに》かわかりましたら、お知《し》らせください。


ホームズは、今《いま》までのものよりも、ずいぶん長《なが》い暗号文《あんごうぶん》を見《み》ていましたが、

「しまった！」

かがめた身《み》をのばし、さけびました。

何事《なにごと》かと身《み》がまえたぼくに、

「どうも、のんびりしすぎたようだな。すぐにも、キュピット氏《し》のところに

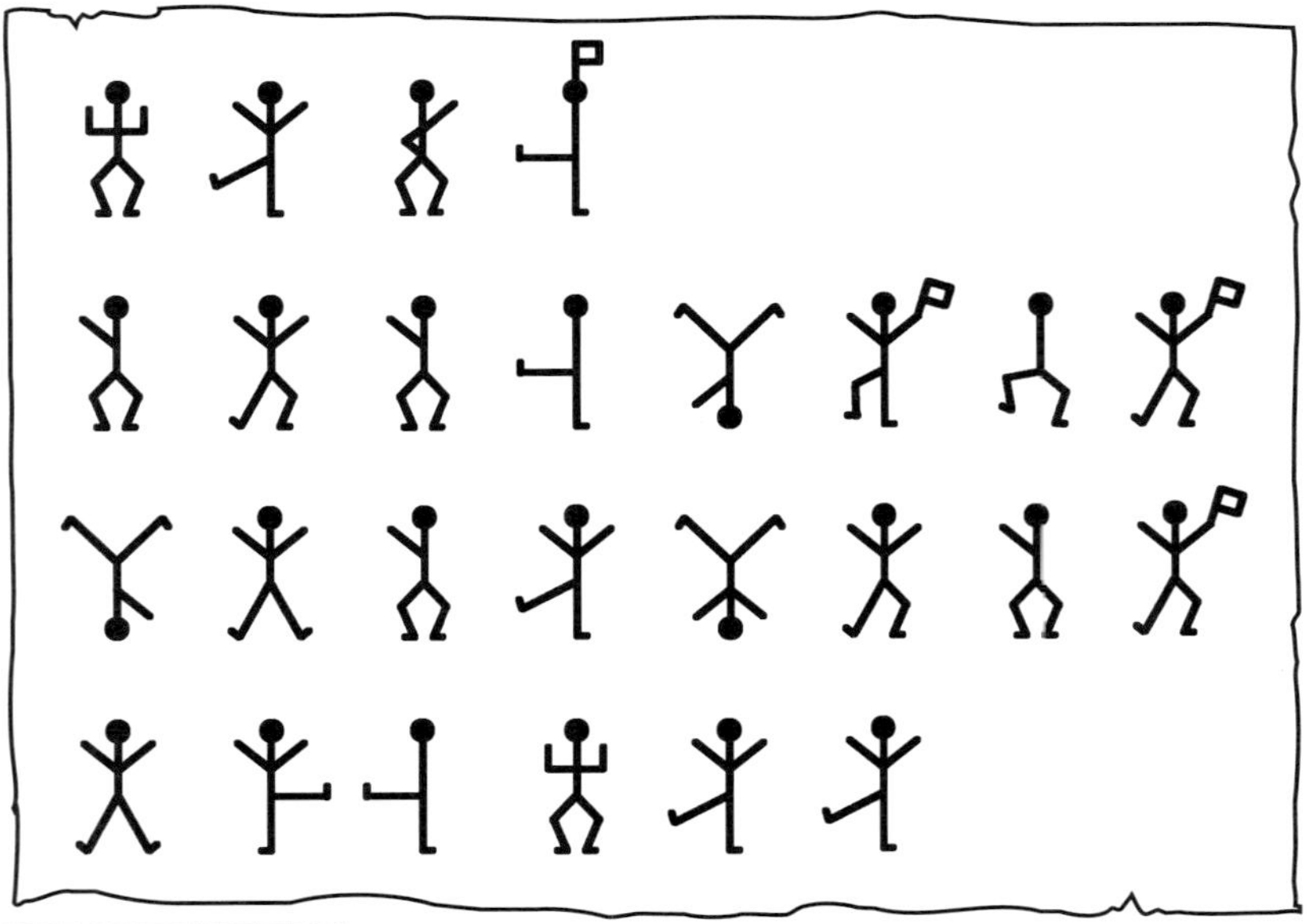

四《よっ》つ目《め》の暗号文《あんごうぶん》

行《い》きたいが、汽車《きしゃ》はまだあるかな。」

と、ホームズはいいました。ぼくは急《いそ》いで時《じ》こく表《ひょう》を調《しら》べましたが、リドリング・ソープの荘園《しょうえん》にいちばん近《ちか》い、ノース・ウォルシャム駅《えき》に向《む》かう最終列車《さいしゅうれっしゃ》は、もう出《で》てしまったあとでした。

「そうか……ざんねんだが、明日《あす》の朝《あさ》一番《いちばん》の汽車《きしゃ》で行《い》こう。」

かれがくやしそうに答《こた》えた、そのときでした。ドアにノックの音《おと》がして、

「ホームズさん、こんばんは。こんな時間《じかん》に電報《でんぽう》が来《き》ましたよ。」

入《はい》ってきたのは、ぼくらの大家《おおや》のハドスン夫人《ふじん》でした。かのじょが手《て》にしていた外国《がいこく》からの電報《でんぽう》を受《う》けとったホームズは、いいました。

「うむ、予想《よそう》どおりの答《こた》えだ。だが、よろこんではいられない。この電《でん》報《ぽう》に書《か》いてあるとおりなら、キュビット氏《し》とエルシイ夫人《ふじん》は、たいへん危険《きけん》なことになっている。少《すこ》しでも早《はや》く行《い》って助《たす》けなければ……。」

こんなにホームズが、おそれとあせりを、あらわにするのを見《み》たのは、はじめてでした。けれど、今《いま》はどうすることもできず、ただ夜《よ》が明《あ》けるのを待《ま》つほかないのでした。

よく朝《あさ》の、いちばん早《はや》い汽車《きしゃ》でノース・ウォルシャム駅《えき》に着《つ》いたぼくたちは、リドリング・ソープのキュビット家《け》の荘園《しょうえん》をたずねたいのだが、と駅《えき》の人《ひと》に道《みち》をたずねました。

すると、おどろいたことには駅長《えきちょう》さんがやってきて、たずねるのです。

「あなた方《がた》は、ロンドンから来《き》た刑事《けいじ》さんたちですか？」

「どうしてまた、そう思《おも》われたのですか。」

ホームズがきくと、駅長《えきちょう》さんは頭《あたま》をかいて、

「これは失礼《しつれい》。ついさっき、ノーフォーク州警察《しゅうけいさつ》からマーチン警部《けいぶ》が来《こ》られたものですから、あなた方《がた》も刑事《けいじ》かと思《おも》いましてね。……はあ、わかった。お医者《いしゃ》さんですね。それなら、すぐ行《い》ってあげてください。おくさんのほうは、まだ息《いき》があるようですから……もっとも、生《い》きていたところで、どうせ死刑《しけい》になる運命《うんめい》でしょうがね。」

何《なに》げないようすで、ぎょっとするようなことをいいました。それを聞《き》いたホームズは、にわかにきびしい顔《かお》になって、たずねました。

「いったい、何《なに》が起《お》きたというのです。医者《いしゃ》だとか死刑《しけい》だとか。」
「おや、ごぞんじないのですか、あの、世《よ》にもおそろしい事件《じけん》を！」
駅長《えきちょう》さんは目《め》を丸《まる》くし、言葉《ことば》をつづけました。
「キュビット氏《し》と、エルシイ夫人《ふじん》が、二人《ふたり》そろってピストルでうたれたんですよ。かわいそうに、キュビット氏《し》は死《し》んでしまい、おくさんも、たぶん助《たす》からないといわれています。」

「なんですって!?」

ぼくとホームズは、大声《おおごえ》を上《あ》げると、駅長《えきちょう》さんはさらにいいました。

「しかも、おそろしいことには、キュビット氏《し》をうち殺《ころ》したのはエルシイ夫人《ふじん》で、かのじょはそのあと、自殺《じさつ》をはかったというじゃありませんか。五百年《ねん》もつづいた*名家《めいか》が、こんな形《かたち》でおしまいになるなんてね。

……ちょ、ちょっと、どこへ行《い》かれるんですか。お医者《いしゃ》さん？　じゃなくて、やっぱり刑事《けいじ》さん？」

駅長《えきちょう》さんの声《こえ》を背《せ》に、ぼくらは馬車《ばしゃ》に乗《の》りました。キュビット家《け》までは十一キロ。その間《あいだ》ホームズは、一言《ひとこと》も口《くち》をききませんでした。ロンドンを出発《しゅっぱつ》してから、かれはずっと不安《ふあん》そうでした。おそれていたことが起《お》きた今《いま》は、すっかり気落《きお》ちし、ゆううつそのものでした。

*名家《めいか》…代々《だいだい》すぐれた人《ひと》の出《で》る家《いえ》。人《ひと》に知《し》られた家《いえ》がら。

その思《おも》いはぼくも同《おな》じでしたが、馬車《ばしゃ》から見《み》える景色《けしき》は、とても美《うつく》しく、めずらしいものでした。緑《みどり》の広野《こうや》、古代《こだい》の教会《きょうかい》、美《うつく》しい海《うみ》――。

「あれが、キュビット家《け》の荘園《しょうえん》ですよ。」

馬車《ばしゃ》のぎょ者《しゃ》が、むちで指《さ》した方角《ほうがく》を見《み》ると、木々《きぎ》の向《む》こうにりっぱな屋《や》しきがありました。その屋《や》しきのげんかんに着《つ》くと、ちょうどべつの馬車《ばしゃ》から、ピンと口《くち》ひげを立《た》てた男《おとこ》の人《ひと》がおりてくるところでした。

この人《ひと》が、ノーフォーク州警察《しゅうけいさつ》のマーチン警部《けいぶ》でした。ぼくたちが名《な》前《まえ》を名乗《なの》ると、かれはびっくりしたようすで、いいました。

「あなたがホームズさんですか。名探偵《めいたんてい》とは聞《き》いていましたが、午前《ごぜん》三時《じ》に起《お》きたばかりの事件《じけん》を、もうロンドンから調《しら》べに来《こ》られたとは！」

「いえ、何《なに》か起《お》きると予想《よそう》していたのに、ふせげなかったのですから、ほめていただく資格《しかく》はありません。」

ホームズは、くやしそうにいいました。マーチン警部《けいぶ》はそれを見《み》て、

「何《なに》かごぞんじのようですね。キュピット氏《し》と夫人《ふじん》は、それはもうなかのいい夫妻《ふさい》で、なぜこんなことになったのか、わけがわからんのです。ですからホームズさんに協力《きょうりょく》していただけると、ありがたいのですが。」

「もちろんです。事件《じけん》をふせぐことができず、人《ひと》の命《いのち》がうしなわれた以《い》上《じょう》、捜査《そうさ》にくわわるのは、ぼくのつとめです。で、現場《げんば》はどこですか。」

ホームズは、きっぱりとそう答《こた》えたのでした。

5 あるはずのないあな

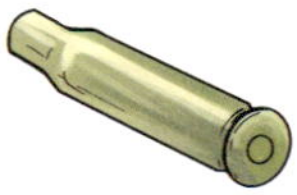

そこは、ヒルトン・キュビット氏《し》の部屋《へや》でした。

庭《にわ》に面《めん》したまどがあり、かべは本《ほん》だなでうまっています。まどに向《む》かったつくえと、ほかにろうそくをおいたテーブルがありました。

「キュビット氏《し》は、この部屋《へや》の真《ま》ん中《なか》にたおれていたのですよ。うつぶせになって、心《しん》臓《ぞう》から血《ち》を流《なが》しながらね。今《いま》は警察《けいさつ》のゆる

しを得《え》て、運《はこ》びだしてしまいましたが……。」

そういったのは、この近《ちか》くに住《す》む年《とし》よりの医師《いし》で、この家《いえ》の料理人《りょうりにん》の女性《じょせい》とメイドからよばれて、かけつけたとのことでした。

「ここに着《つ》いたときには、おどろきましたよ。今《いま》いったキュビット氏《し》だけでなく、エルシイ夫人《ふじん》までが、たおれていたのですからね。

ほら、あのまどぎわにへたりこみ、かべに頭《あたま》をもたれさせていたのです。エルシイ夫人《ふじん》の顔《かお》の半分《はんぶん》は血《ち》まみれで、頭《あたま》をうたれたと、すぐわかりました。

キュビット氏《し》は助《たす》かりませんでしたが、かのじょは死《し》なずにすみそうでした。なので、今《いま》はべつの部屋《へや》でねかせていますが、意識《いしき》は、もどっていません。とうぶんは目《め》ざめることもなく、ねむりつづけるほかないでしょうな。なおすためには、頭《あたま》からたまを取《と》りだす大手術《だいしゅじゅつ》が必要《ひつよう》です。」

医師《いし》は、半分白《はんぶんしろ》くなったあごひげをなでながら、いうのでした。

「二人《ふたり》をうったピストルは、どこにありましたか。」

ホームズがたずねると、マーチン警部《けいぶ》が代《か》わって答《こた》えました。

「たおれていたキュビット氏《し》とエルシイ夫人《ふじん》の間《あいだ》の、ゆかに落《お》ちていました。六連発《れんぱつ》のピストルで、中《なか》のたまが二発《はつ》なくなって、薬*1《やっ》きょうだけがのこっていましたから、これを使《つか》ったのはまちがいないでしょう。ただ、キュビット氏《し》が、エルシイ夫人《ふじん》をうって自殺《じさつ》したのか、かのじょが夫《おっと》をうち殺《ころ》してから、自分《じぶん》の頭《あたま》をうったのかは、わかりませんが……。」

マーチン警部《けいぶ》は、そういうと首《くび》をかしげました。そこへ、

「二人《ふたり》がたおれているのを発見《はっけん》したのは、料理人《りょうりにん》の女性《じょせい》と、メイドだったということですが、どういういきさつ＊2だったのですか。」

ホームズが、するどく質問《しつもん》しました。そこで、その二人《ふたり》をよんで話《はなし》を聞《き》いてみると、次《つぎ》のようなことがわかりました。

かのじょたちの部屋《へや》は、いちばん上《うえ》の階《かい》の、となり同士《どうし》にあります。きのうの夜《よる》にいきなりパーン！　という、ものすごく大《おお》きな音《おと》がして、目《め》がさめました。それから一分《ぷん》ほどして、また同《おな》じ音《おと》が、やや小《ちい》さくですが聞《き》こえたので、二人《ふたり》は部屋《へや》をとびだしました。そのときのことを、

「ろう下《か》に出《で》たとたん、ものすごい火薬《かやく》のにおいがしました。」

二人《ふたり》は口《くち》をそろえていいました。これは、ピストルをうったことで、火薬《かやく》がばくはつして、けむりとにおいがまきちらされたためでしょう。

＊1 薬《やっ》きょう…銃《じゅう》で、たまをうちだすための火薬《かやく》の入《い》れ物《もの》。
＊2 いきさつ…そうなったわけ。かんたんには説明《せつめい》できない理由《りゆう》。

一階《かい》に下《お》りると、キュピット氏《し》の部屋《へや》のとびらは開《あ》いていて、テーブルの上《うえ》のろうそくがついているのが見《み》えました。

そのあと、主人夫婦《しゅじんふうふ》のむごたらしいようすを見《み》て、あわてて医師《いし》と警察《けいさつ》をよびに行《い》きました。そして、馬小屋《うまごや》の番《ばん》をしていた少年《しょうねん》の手《て》もかりて、まだ息《いき》のあったエルシイ夫人《ふじん》を、ベッドに運《はこ》んだといいます。

そんなさなか、メイドと料理人《りょうりにん》が、はっきりとたしかめたのは「部屋《へや》のまどがしめられ、内側《うちがわ》からかぎがかかっていた」ということでした。

そうなると外《そと》からは入《はい》れないので、ピストルをうったのは、キュピット氏《し》かエルシイ夫人《ふじん》しか考《かんが》えられません。すると、やはり犯人《はんにん》は――？

ぼくが、思《おも》わずきんちょうしたときでした。ホームズがいきなり、まどのほうをふりむくと、いいました。

「ほう、では、このたまのあとはなんでしょう。ほら、まどわくの下《した》のほうに、小《ちい》さなあながありますね。ということは、三発目《ぱつめ》のたまをうった者《もの》がいることになりはしませんか。」

ぼくも、マーチン警部《けいぶ》も医師《いし》も、「ええっ」とびっくりし、ホームズの指《ゆび》さすほうを見《み》ました。すると、どうでしょう。たしかにホームズのいうとおり、まどの下《した》に丸《まる》くあながあいているではありませんか。

「どうしてこんなものがあると、わかったんですか。われわれには見《み》つけられなかったのに。」

マーチン警部《けいぶ》が、あっけにとられていいました。

「こんなものがあるのではないかと予想《よそう》して、さがしたからですよ。」

「どうして、そんな予想《よそう》ができたんです？」

「さっきの女性二人《じょせいふたり》の話《はなし》からですよ。いいですか。いくら部屋《へや》のとびらが開《あ》いていても、ピストルをうったときのけむりやにおいは、屋《や》しきじゅうに広《ひろ》がるものではない。なのに、ろう下《か》に出《で》たとたん気《き》づいた。というのは、部屋《へや》のまどが開《あ》いていて、外《そと》からふきこんだ風《かぜ》で、けむりやにおいが、ろう下《か》におしだされたせいですよ。もっとも、開《あ》いていたのは、ほんの短《みじか》い時間《じかん》でしょうけど。」

「ど、どうして、そんなことまで？」

目《め》を丸《まる》くするマーチン警部《けいぶ》に、ホームズはテーブルを指《ゆび》さしました。

「あのろうそくですよ。ずっとまどが開《あ》いていたら、風《かぜ》で火《ひ》がゆれて、ろうがいびつにとけるはずです。でも、そうではありませんからね。」

「な、なるほど……。」

「さて、おそろしい悲劇《ひげき》のさなかにまどが開《あ》き、全部《ぜんぶ》で三発《ぱつ》のたまが発《はっ》射《しゃ》された。そして、ゆかの上《うえ》にあったピストルのたまは、一発《はつ》しかへっていなかった。ということは、キュビット氏《し》とエルシイ夫人《ふじん》のほかに、もう一人《ひとり》だれかがいたということになりませんか。さらに、もう一発《ぱつ》は、そのだれかが持《も》っていた、べつのピストルから、うたれたことになりますね。」

「では、結局《けっきょく》、だれがだれをうったというんです。」

「おそらく、だれかが開《あ》いたままどの外《そと》からピストルをうち、部屋《へや》の中《なか》からはキュビット氏《し》もうった。それが、あのまどの下《した》にあいたあなでしょう。あなのあき方《かた》から見《み》て、部屋《へや》の中《なか》から外《そと》に向《む》けてうったものとわかりますからね。そして、そのあと、もう一発《ぱつ》——。」

「でもホームズ、銃声《じゅうせい》は二回《かい》しか聞《き》こえなかったんだよ。料理人《りょうりにん》とメイドをねむりからたたき起《お》こした音《おと》と、そのあとに聞《き》こえた音《おと》だけだ。」

ぼくがいうと、ホームズは首《くび》をふりました。

「それは二ちょうのピストルが、ほぼ同時《どうじ》にうたれたからだ。さいしょの音《おと》はとても大《おお》きく、次《つぎ》の音《おと》は小《ちい》さかった。二人《ふたり》はそういっていただろう？」

「ああ、そういえば、そうだったね。」

ぼくは、こうさんするほかありませんでした。

それから、みんなで庭《にわ》を調《しら》べてみると、足《あし》あとがいっぱいのこされていたうえ、薬《やっ》きょうが一《ひと》つ落《お》ちているのが見《み》つかりました。

「ほら、これはたまをうつと、薬《やっ》きょうがとびだすしかけの

ピストルから出《で》たものだよ。部屋《へや》の中《なか》にあったのは、薬《やっ》きょうが中《なか》にのこるタイプだから、やっぱりべつのピストルを持《も》った、三人目《にんめ》がいたんだ。」

いつにもまして、あざやかなホームズの推理《すいり》でした。

「では、やっぱり、庭《にわ》からキュピット氏《し》の部屋目《へやめ》がけて、ピストルをうった者《もの》がいたということになりますね。そんなことは考《かんが》えもしなかった。だが、それは何者《なにもの》なんでしょう。そいつのすがたを見《み》たかもしれないエルシイ夫人《ふじん》は口《くち》もきけないありさまだし……。いくらホームズさんが名探偵《めいたんてい》でも、これはかんたんにはわからないでしょうねえ。」

マーチン警部《けいぶ》が考《かんが》えこんだとき、ホームズがあっさりといいました。

「いや、それも、だいたいわかると思《おも》いますよ。」

「えっ」と、おどろいたぼくらに、ホームズはすずしい顔《かお》でいいました。

「このあたりに『エルリッチ』とか『エルリッヒ』とかいうような場所《ばしょ》はありませんか。たとえばホテルなどで。」

「さあ……。」

マーチン警部《けいぶ》も医師《いし》も首《くび》をかしげました。料理人《りょうりにん》とメイドにもききましたが、知《し》らないといいます。やっと馬小屋《うまごや》の少年《しょうねん》が思《おも》い出《だ》して、

「それなら、ここから数《すう》キロはなれたところに、エルリッジ農場《のうじょう》というのがありますよ。そこだけぽつんとした、さびしい場所《ばしょ》ですが。」

「そんなにさびしい場所《ばしょ》なのか。なら、こちらの屋《や》しきで起《お》きた事件《じけん》のことは、まだつたわっていないだろうね。」

ホームズがたずねると、少年《しょうねん》はうなずいて、答《こた》えました。

「はい、きっと何《なに》も知《し》らないと思《おも》います。」

これがロンドンなら、たちまち新聞記者《しんぶんきしゃ》がやってきて記事《きじ》にするでしょうし、そうでなくても、うわさがつたわるでしょう。でも、おたがいがはなればなれのいなかでは、ちがうのだな、とぼくは思《おも》いました。

「わかった。では、馬《うま》の用意《ようい》をしてくれないか。きみにそのエルリッジ農場《のうじょう》に使《つか》いに行《い》ってほしいのだが……今《いま》、手紙《てがみ》を書《か》くからね。」

ホームズは少年《しょうねん》にそういうと、テーブルをかりて何《なに》やら書《か》きものを始《はじ》めましたが、なんとそれは、あのおどる人形《にんぎょう》の暗号文《あんごうぶん》だったのです。

「よし、できた……。きみ、これを持《も》ってエルリッジ農場《のうじょう》に行《い》き、あて名《な》の人《ひと》にとどけてくれ。かならず、＊じかにわたすんだよ。その人《ひと》に何《なに》を聞《き》かれても答《こた》えてはいけない。わかったね。」

そういって、少年《しょうねん》に手《て》わたしたふうとうには「エルリッジ農場《のうじょう》エイブ・スレイニ様《さま》」と、聞《き》いたこともない名前《なまえ》が書《か》いてありました。

*じかに…間《あいだ》にほかの人《ひと》を入《い》れないで、直接《ちょくせつ》に。

少年《しょうねん》が馬《うま》に乗《の》って出《で》かけていくと、ホームズは屋《や》しきの人《ひと》たちに、

「やがて、エルシイ夫人《ふじん》をたずねてやってくる者《もの》があると思《おも》うが、その人物《じんぶつ》に、かのじょが大《おお》けがをしてねている、とはぜったいにいっては いけません。何《なに》もいわずに、応接間《おうせつま》に案内《あんない》してください。」

そう指図《さしず》し、みんなは持《も》ち場《ば》にもどりました。医師《いし》も帰《かえ》り、ホームズとぼく、マーチン警部《けいぶ》の三人《にん》だけが、応接間《おうせつま》に向《む》かいました。

「さて、ここにお客《きゃく》が来《く》るまでに一時間《じかん》はかかるだろうから、それまでに、ちょっとしたなぞ解《と》きを聞《き》かせてあげるとしよう。キュビット夫《ふ》妻《さい》をあんな目《め》に合《あ》わせ、ぼくたちをもなやませた、このおどる人形《にんぎょう》の正体《しょうたい》をね。」

6 かくせないひみつ

ホームズは、応接間《おうせつま》のテーブルに、これまでに手《て》に入《い》れた暗号文《あんごうぶん》を全《ぜん》部《ぶ》広《ひろ》げると、ぼくとマーチン警部《けいぶ》に、待《ま》ちに待《ま》った説明《せつめい》を始《はじ》めました。

「解読作業《かいどくさぎょう》にかかったとき、ぼくの手元《てもと》にあった暗号文《あんごうぶん》は、同《おな》じものが何度《なんど》もかかれたのをのぞくと全部《ぜんぶ》で四《よっ》つ。それらに使《つか》われている、おどる人形《にんぎょう》の絵文字《えもじ》は、『』の二十一種類《しゅるい》。

でも、よく見《み》ると、『』と『』、『』と『』、『』と『』、『』と『』、『』と『』というように、人形《にんぎょう》の

ポーズは同《おな》じなのに、はたを持《も》っていないのと持《も》っているのが五組《くみ》ある。もしかしたら、これらははたのあるなしのちがいはあるが、同《おな》じ種類《しゅるい》の文《も》字《じ》ではないだろうか。そうなると全部《ぜんぶ》で十六種類《しゅるい》と考《かんが》えられる。アルファベットはAからZまで二十六文字《もじ》あるから、その中《なか》にちゃんとおさまる数《かず》だ。

とりあえず、これらの絵文字《えもじ》が、ABCのどれかの文字《もじ》に当《あ》てはまるものとして考《かんが》えてみよう。

まず気《き》になったのが、はたの、あるなしだ。

さて、これは何《なに》をあらわしたものか。よく見《み》ると、はたを持《も》った人《にん》形《ぎょう》はとちゅうや終《お》わりに出《で》てくるが、始《はじ》めにはない。

いろいろ考《かんが》えて、これは文章《ぶんしょう》の中《なか》の、言葉《ことば》の区切《くぎ》りをあらわすものではないかと思《おも》いついた。そのつもりで見《み》てみると、これらの暗号文《あんごうぶん》には、四〜五文字《もじ》から八文字《もじ》くらいごとに、『』や『』などの、い、はたつき文字《もじ》が入《はい》っている。

この暗号文《あんごうぶん》がローマ字《じ》で書《か》かれているとするなら、ローマ字《じ》で言葉《ことば》の終《お》わりにくるのは、たいがいA(あ)・I(い)・U(う)・E(え)・O(お)などの＊母音《ぼいん》だ。ということは、これらのはたつき文字《もじ》の多《おお》くが、そうなのではないかと思《おも》えるが、どうだろうか。

＊母音《ぼいん》…ローマ字《じ》ではA・I・U・E・Oの五つ。日本語《ご》ではあ・い・う・え・おの五つ。

それらを頭《あたま》において、まず一《ひと》つ目《め》の暗号文《あんごうぶん》の前半《ぜんはん》から見《み》ていこう。

ここだけ見《み》ると『』と、はたつきの『』が、合《あ》わせて五回《かい》も使《つか》われている。ローマ字《じ》の文章《ぶんしょう》で、いちばんよく使《つか》われる文字《もじ》はAだが、すぐ決《き》めつけないほうがいいだろう。そう思《おも》ってよく見《み》ると、二《ふた》つ目《め》の暗《あん》号文《ごうぶん》の前半《ぜんはん》に、『』『』と、い、はたつきの文字《もじ》が二《ふた》つならんでいることに気《き》がついた。これは二《ふた》つ目《め》の

一《ひと》つ目《め》の暗号文《あんごうぶん》（81ページ）の前半《ぜんはん》

二《ふた》つ目《め》の暗号文《あんごうぶん》（98ページ）の前半《ぜんはん》

『』が一文字《もじ》で、一《ひと》つの言葉《ことば》になっているということだ。

この『』から、はたをはずすと『』になる。しかし、ローマ字《じ》で、アルファベット一文字《もじ》だけであらわせる言葉《ことば》とはなんだろう。

すぐに思《おも》いつくのは、『学校《がっこう》へ行《い》く』とかいうときの〝え〟と読《よ》む『へ』だ。『へ』をふつうに書《か》けばHE（へ）だが、こういうとき、ローマ字《じ》では読《よ》むときの音《おん》E（え）になるから、『』は**E**になる。

これに、さっき『』は**A**ではないか、と考《かんが》えたのと合《あ》わせてみると、下《した》のようになる。

……うーん、まだちょっとよくわからないね。

ところで、この一《ひと》つ目《め》の暗号文《あんごうぶん》の前半《ぜんはん》の下《した》のほうには、『』と、同《おな》じ文字《もじ》が二《ふた》つ、つづい

一《ひと》つ目《め》の暗号文《あんごうぶん》（81ページ）の前半《ぜんはん》

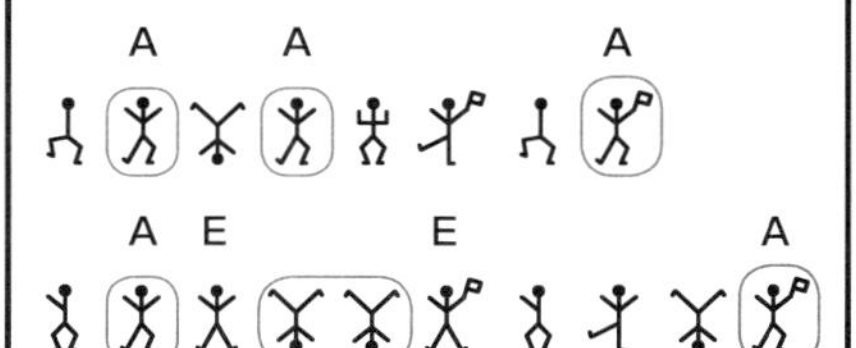

ているところもある。これはローマ字《じ》で、SIPPO（しっぽ）のように、小《ちい》さい『っ』をあらわす書《か》き方《かた》のように思《おも》える。TTE（って）とか、KKE（っけ）とかね。ここはかりにTTE（って）だとしてみよう。

すると『』は**T**ということになる。その前《まえ》が**E**だから、ETTE（えって）となるね〈下《した》の図《ず》〉。この前《まえ》に□Aとあるので、母音《ぼいん》が『あ』の文字《もじ》、KA（か）、SA（さ）……と見《み》てみると、KA（か）として、『かえって』とするのがぴったりくる。つまり『』は**K**となるから、同時《どうじ》に最後《さいご》の四文字《もじ》は『K□TA』となる。そうすると、この『』は、KA（か）、KI（き）……うん、**I**が合《あ》いそうだから、それを入《い》れると『かえってきた』となる。

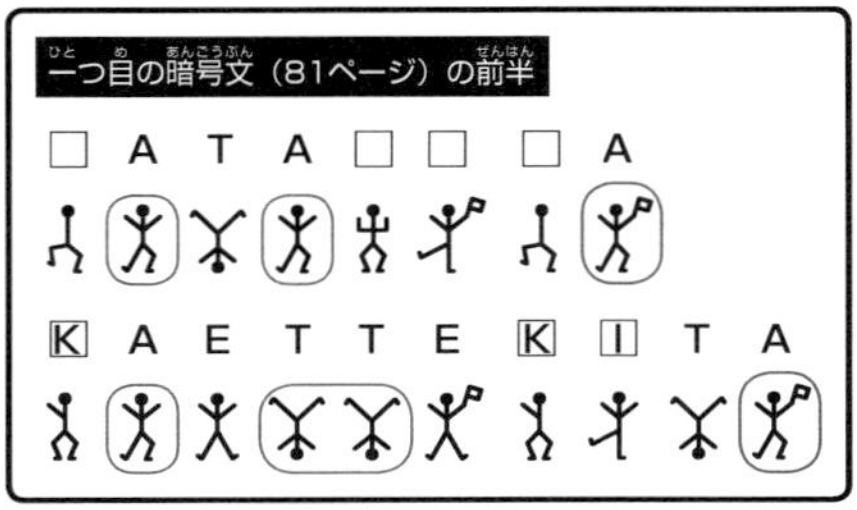

ならば、この『かえってきた』の前《まえ》の『□A』は何《なに》か。これは『ぼくは』『きみは』という、『は』ではないだろうか。ここも『は』ではなく、読《よ》むときの音《おん》『わ』になるから、『』はWのはずだ。

となると、この一《ひと》つ目《め》の暗号文《あんごうぶん》の最初《さいしょ》の言葉《ことば》『WATA□□』は、もう『わたし』しか考《かんが》えられないだろうな。それならば『』はS、『』と、はたを持《も》たない『』は二《ふた》つともIということになる。

ほら、一《ひと》つ目《め》の暗号文《あんごうぶん》の前半《ぜんはん》が、もうすっかりわかってしまった。

WA《わ》TA《た》SI《し》　WA《わ(は)》　KA《か》E《え》T《っ》TE《て》　KI《き》TA《た》

『わたしは　帰《かえ》ってきた』

……どうだい、ちゃんと意味《いみ》がとおるじゃないか。

よし、このいきおいで、今度《こんど》は一《ひと》つ目《め》の暗号文《あんごうぶん》の後《こう》半《はん》も、見《み》てみよう。ここまでわかっているところを入《い》れてみると、下《した》のようになる……さあ、これはなんと読《よ》むのだろうね。」

ホームズにそうきかれて、ぼくは首《くび》をかしげました。

いろいろ考《かんが》えたあげく、

「どうも、よくわからないね。え、い……なんだろう。」

半分《はんぶん》こうさんしながら答《こた》えると、ホームズはうなずきながら、こういいました。

「うまく当《あ》てはまらないだろう？　もしかしたら、これは言葉《ことば》というより、だれかの名前《なまえ》じゃないか、という

一《ひと》つ目《め》の暗号文《あんごうぶん》（81ページ）の後半《こうはん》

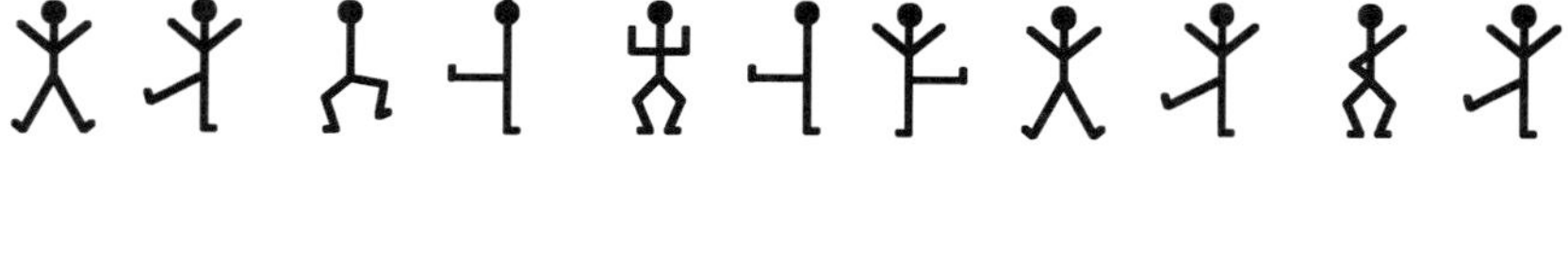

気《き》がした。すぐにはわからなそうだから、これはあとにして、下《した》の二《ふた》つ目《め》の暗号文《あんごうぶん》に取《と》りかかるとしよう。

これらに今《いま》までわかった文字《もじ》を当《あ》てはめると、下《した》のようになる。

ここでハッとしたのは、キュビット氏《し》のおくさんの名《な》が『エルシイ』ということだ。この暗号文《あんごうぶん》が、かのじょのことをかいたものだったとしたら、どうだろう。

そうなると、『』はR、『』はUということになるはずだ。さらに、その上《うえ》

二《ふた》つ目《め》の暗号文《あんごうぶん》（98ページ）

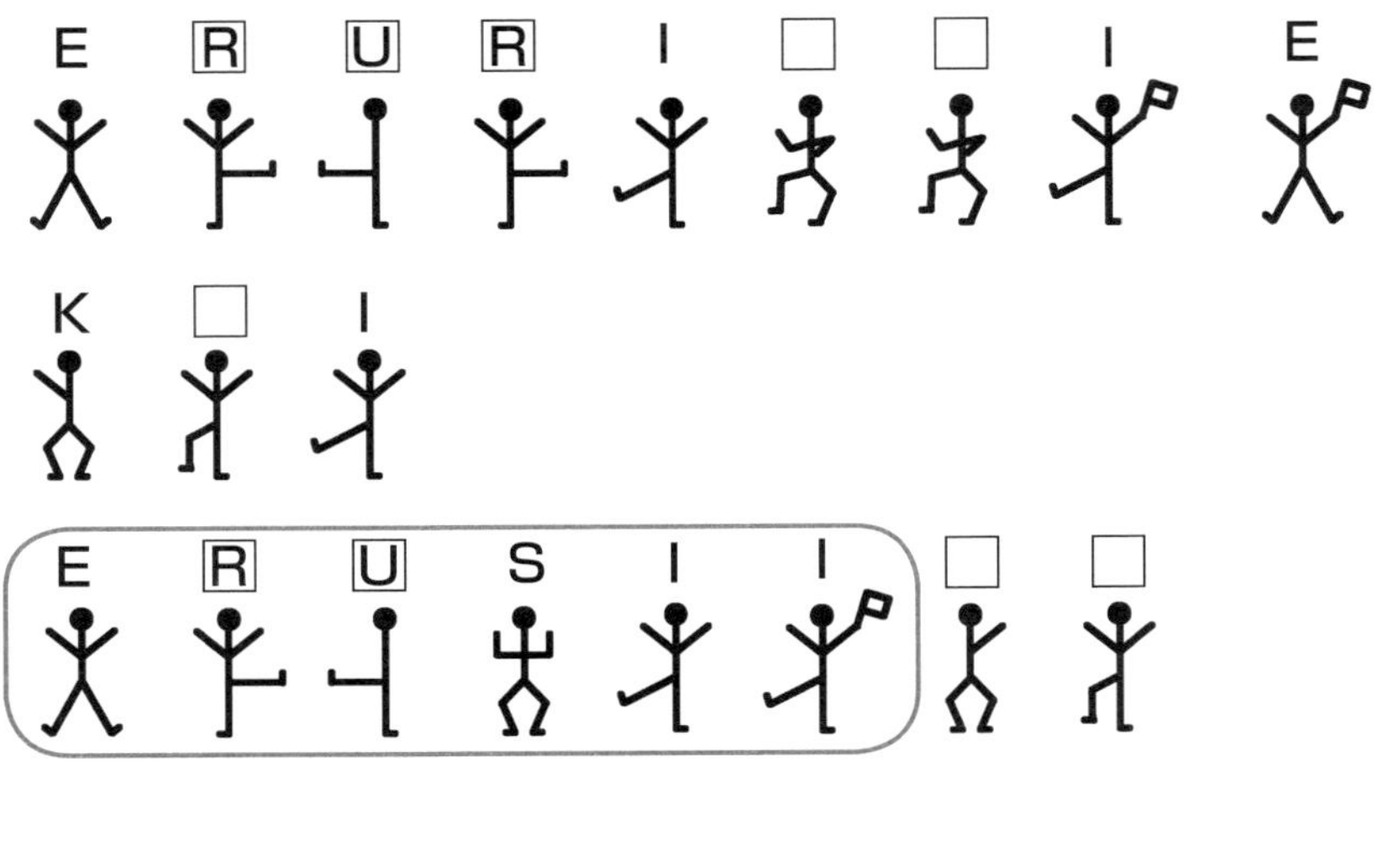

にある『K□I』は、エルシイに向《む》けての言葉《ことば》じゃないだろうか。たとえば『こい』＝『来《こ》い』だと考《かんが》えると、今《いま》までわからなかったこの『』は、Oだということになる。

ここで、この二《ふた》つ目《め》の暗号文《あんごうぶん》のいちばん最後《さいご》の『□O』、これがエルシイへのよびかけだと考《かんが》えてみよう。そうすると、二《ふた》つ目《め》の『□O』は『よ』、つまり『』がYになる。ほら、これで二《ふた》つ目《め》の暗号文《あんごうぶん》は、このように、かなりわかってきただろう。

さて、いよいよその次《つぎ》に出《で》てきた三《みっ》つ目《め》の暗号文《あんごうぶん》に、今《いま》までにわかったルールを当《あ》

二《ふた》つ目《め》の暗号文《あんごうぶん》（98ページ）

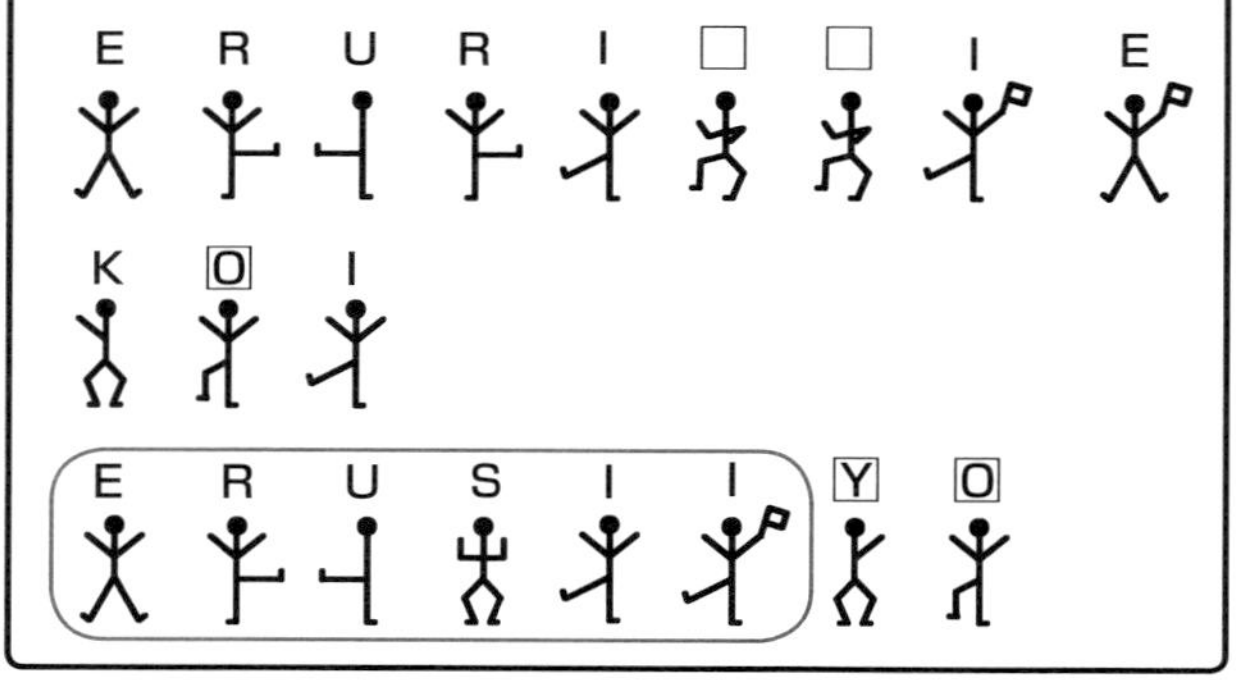

てはめてみると、下《した》のように解読《かいどく》することができる。

となると、これはもう『いやです』としか、考《かんが》えられないじゃないか。そうなれば、まだわかっていなかった最後《さいご》の『』は、Dということになる。つまり、この暗号文《あんごうぶん》だけは、エルシイ夫人《ふじん》がかいたものだったのさ。」

「ちょ、ちょっと待《ま》ってくれよ、ホームズ。」

ぼくは、かれの言葉《ことば》をさえぎってこういいました。

「つまり、エルシイ夫人《ふじん》は、これらのおどる人形《にんぎょう》の暗号文《あんごうぶん》を、読《よ》むこ

三《みっ》つ目《め》の暗号文《あんごうぶん》（103ページ）

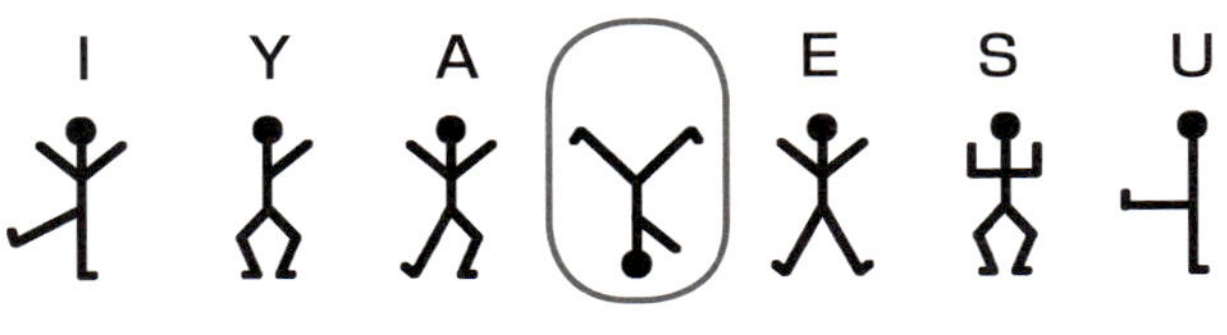

とも、かくことも、できたというんだね。これは、いったいどういうことなんだ。」

「そうですよ、ホームズさん。あんなおとなしくて、つつましい地主《じぬし》のおくさんに、どうしてそんなことができたんですか。」

マーチン警部《けいぶ》も、びっくりしていました。ホームズは、ぼくらのぎもんに答《こた》えて、こういうのです。

「どうしても何《なに》も、キュビット家《け》にあらわれた暗号文《あんごうぶん》は、すべてエルシイ夫人《ふじん》にあてたものだったんだよ。だから、かのじょがそれを読《よ》みかきできて、とうぜんじゃないか。

まあ、なぜそんなことになったのかは後回《あとまわ》しにして、もう一度《いちど》おどる人形《にんぎょう》のなぞ解《と》きにもどろう。

次《つぎ》は、今《いま》まだわかっていない、二《ふた》つ目《め》の暗号文《あんごうぶん》の前半《ぜんはん》にもどって考《かんが》えてみよう。わかっているところを当《あ》てはめると、下《した》のようになる。

エルシイさんは、どこに行《い》くのをいやがっていたのか。二《ふた》つ目《め》の暗号文《あんごうぶん》の一段目《だんめ》に『』と同《おな》じ文字《もじ》が二《ふた》つならんでいるから、ここは、『エルリッ□』となるようだ。これはだれかの家《いえ》か、ホテルの名前《なまえ》かなとたずねると、『エルリッジ』という農場《のうじょう》があるという。そうすると『』は、Zのくりかえしになるはずだ。

それならば、この『エルリッジへ　来《こ》い』と、

二《ふた》つ目《め》の暗号文《あんごうぶん》（98ページ）の前半《ぜんはん》

かのじょをよびだそうとしたのはだれか。ここでもう一度《いちど》、さっきの一《ひと》つ目《め》の暗号文《あんごうぶん》の後半《こうはん》を見直《みなお》してみた。それが下《した》のものだ。

こうやって、一《ひと》つ目《め》の暗号文《あんごうぶん》の後半《こうはん》に、あれからわかった文字《もじ》を当《あ》てはめて、はっと気《き》づいた。もしかして、『』はBで、これは『エイブ』という人《ひと》の名《な》前《まえ》をあらわすのではないか、と。この、エイブというのは、じつはアメリカ人《じん》に多《おお》い名前《なまえ》なんだ。

そして、今度《こんど》の事件《じけん》の始《はじ》まりが、アメリカからとどいた手紙《てがみ》であることを考《かんが》えると、きっと関係《かんけい》があるんじゃないかと考《かんが》えた。

一《ひと》つ目《め》の暗号文《あんごうぶん》（81ページ）の後半《こうはん》

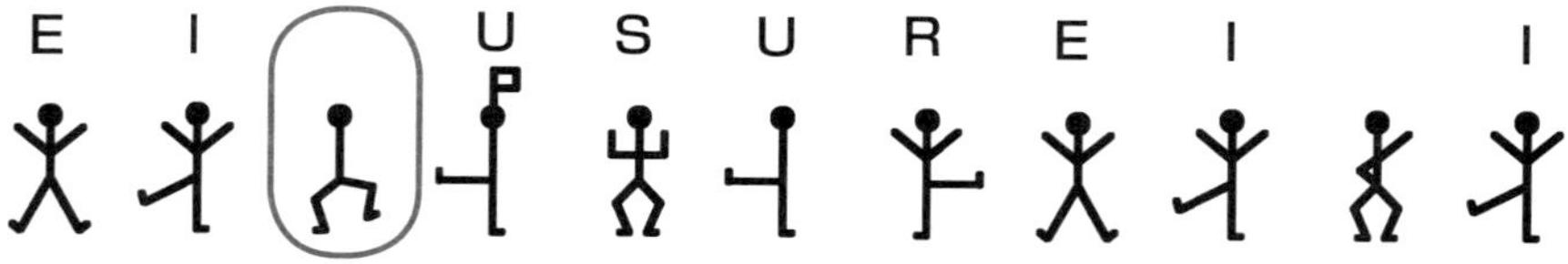

そこでアメリカの警察《けいさつ》の知人《ちじん》に、すぐに電報《でんぽう》を打《う》ってたずねてみたら、なんと、

――エイブ・スレイニという男《おとこ》がおり、アメリカのシカゴでいちばん危険《きけん》なギャングといわれています。最近《さいきん》、アメリカをはなれたといううわさがあり、イギリスでも注意《ちゅうい》が必要《ひつよう》です。

という返事《へんじ》が来《き》たじゃないか。

そこで、これまでのところをまとめると、

一《ひと》つ目《め》の暗号文《あんごうぶん》（81ページ）

W A T A S I W A

わ た し わ(は)

K A E T T E K I T A

か え っ て き た

E I B U S U R E I N I

え い ぶ す れ い に

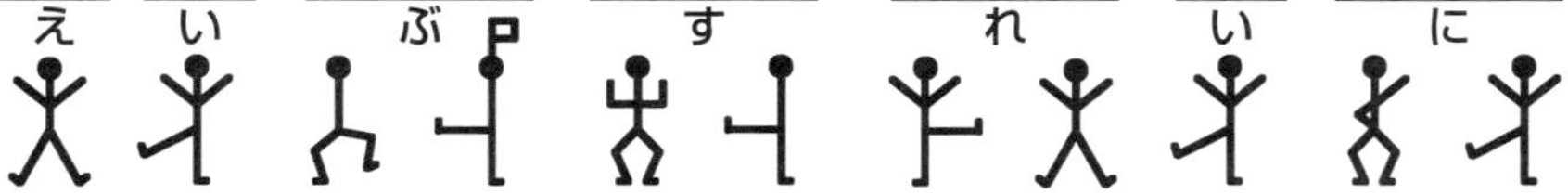

（わたしは　帰《かえ》ってきた　エイブ・スレイニ）

二《ふた》つ目《め》の暗号文《あんごうぶん》（98ページ）

E R U R I Z Z I E

え る り っ じ え(へ)

K O I

こ い

E R U S I I Y O

え る し い よ

（エルリッジへ　来《こ》い　エルシイよ）

三《みっ》つ目《め》の暗号文《あんごうぶん》（103ページ）

I Y A D E S U

い や で す

（いやです）

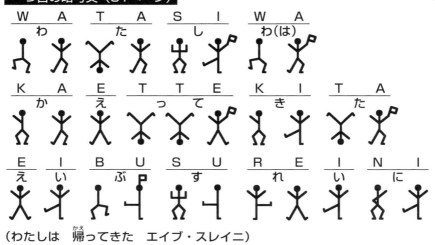

そしてキュビット氏《し》から、新《あたら》しい四《よっ》つ目《め》の暗号文《あんごうぶん》がとどいた。ここに、今思《いまおも》いついたばかりの『』はNというのを当《あ》てはめると、下《した》のようになる。

　こうなると、下《した》の暗号文《あんごうぶん》の二段目《だんめ》の『』は、まちがいなくGだ。そうなるとこの文章《ぶんしょう》は『死《し》ぬかくごは　できたか　エルシイ』という、おそろしいおどし文句《もんく》だとわかる。

四《よっ》つ目《め》の暗号文《あんごうぶん》（110ページ）

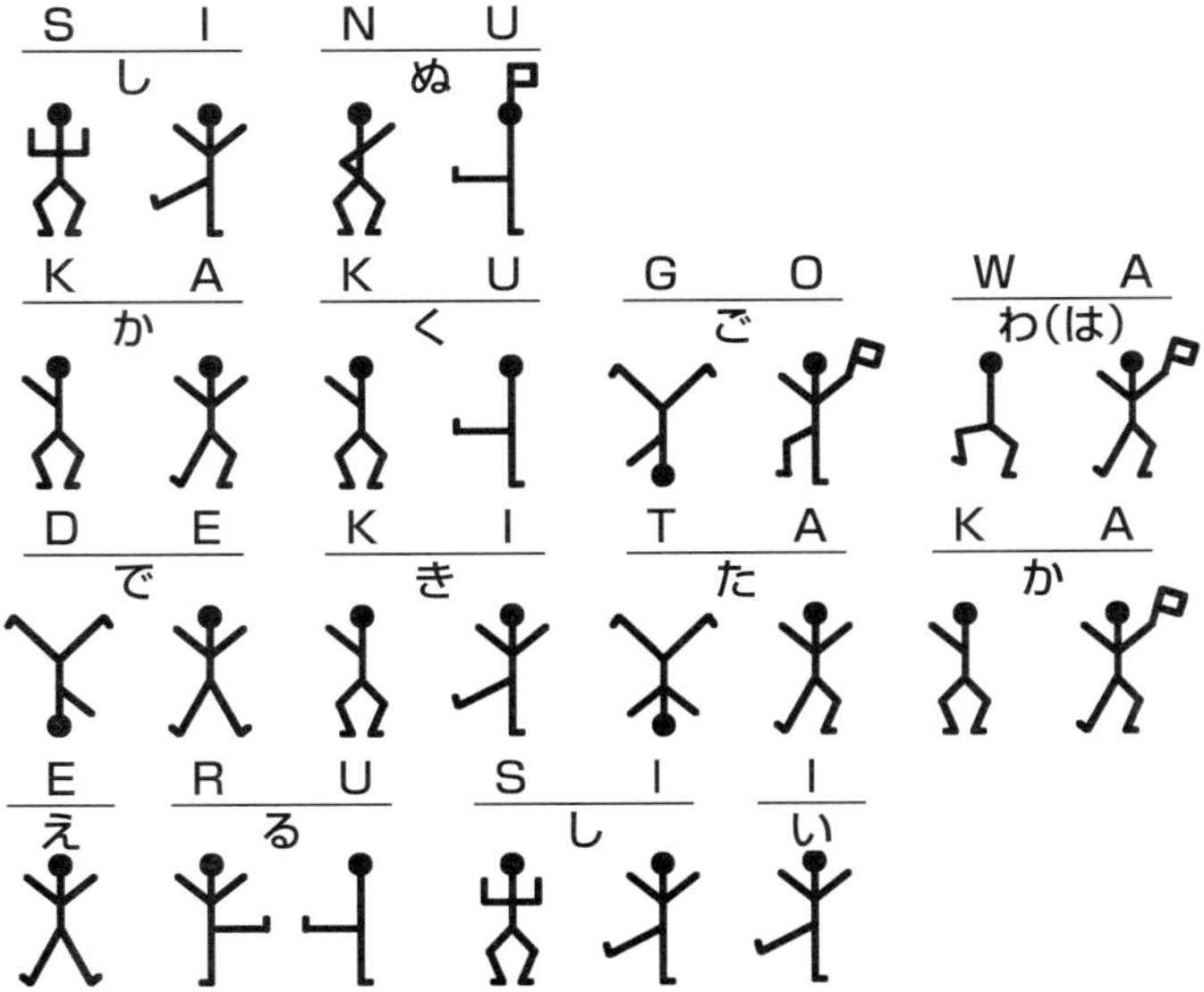

(死《し》ぬかくごは　できたか　エルシイ)

さしだし人《にん》がシカゴ一のギャングとなれば、すぐにもかけつけなくてはと思《おも》ったのだが、時《とき》すでにおそしで、ノーフォークに着《つ》いたときには、悲劇《ひげき》が起《お》きたあとだった……。」

ホームズは、熱心《ねっしん》に暗号文《あんごうぶん》の話《はなし》をしていたときとは、がらりとかわった暗《くら》い表情《ひょうじょう》でいうのでした。

とはいえ、なんという推理力《すいりりょく》でしょう、かれにかかっては、かくしておけるひみつなど、ないのかもしれません。

「とにかく、このエイブ・スレイニという悪人《あくにん》を、つかまえなければなりません。今《いま》すぐ、エルリッジ農場《のうじょう》に警官隊《けいかんたい》を送《おく》りこみましょう。」

マーチン警部《けいぶ》は、こぶしをかためながらいいました。ホームズは、ほほえみをうかべると、かれにいいました。

「その必要《ひつよう》は、ありませんよ。向《む》こうから、ここへ来《き》ますから。」
「そんなばかな！　その男《おとこ》が犯人《はんにん》なら、殺人現場《さつじんげんば》に、のこのこもどってきたりするものですか。」

いきりたつマーチン警部《けいぶ》に、ホームズは明《あか》るい声《こえ》で、いうのでした。
「それが来《く》るんですよ。来《こ》ないわけにはいかない手紙《てがみ》を、送《おく》りつけてやりましたからね。*論《ろん》より証拠《しょうこ》、ほら、まどの外《そと》をごらんなさい。庭《にわ》を歩《ある》いてくるあの男《おとこ》、あれが、エイブ・スレイニですよ。」

＊論《ろん》より証拠《しょうこ》…いろいろ議論《ぎろん》するよりも、じっさいの証拠《しょうこ》を出《だ》すほうが、物事《ものごと》がはっきりするということ。

「えっ。」

おどろいたマーチン警部《けいぶ》とぼくが、そっと、まどの外《そと》をのぞいてみました。すると、帽子《ぼうし》をかぶって、黒《くろ》いあごひげを生《は》やし、ワシのくちばしみたいな鼻《はな》をした大男《おおおとこ》が、ステッキをふりまわしながら、歩《ある》いてくるではありませんか。

「さあ、犯人《はんにん》のお出《で》むかえだ。みんな、ドアのかげにでもかくれるとしよう。ワトスン、ピストルをかしてくれるかい。それから警部《けいぶ》は、手《て》じょうのじゅんびをおわすれなく！」

ホームズは、これまでのくやしさをはらすように、いうのでした。

7 かえられない運命《うんめい》

それは、あとあとまで、わすれることのできない、何分間《なんぷんかん》かでした。

ゆっくり応接間《おうせつま》に近《ちか》づいてくる足音《あしおと》、かすかに聞《き》こえる下品《げひん》な歌声《うたごえ》。

やがて、それらがふいにやんだかと思《おも》うと、ドアが開《ひら》かれました。

そして、ワシ鼻《ばな》に黒《くろ》いあごひげの大男《おおおとこ》が、部屋《へや》の中《なか》に足《あし》をふみ入《い》れた——そのしゅん間《かん》！

ドアのかげからとびだしたホームズが、ピストルのつつ先《さき》を、男《おとこ》の頭《あたま》にぴたりと向《む》けました。と同時《どうじ》に、マーチン警部《けいぶ》が男《おとこ》の手《て》をつかみ、ガチャリと手《て》じょうをかけてしまいました。

男《おとこ》は、何《なに》が起《お》きたのかと、ぼうぜんとしていました。しかし、やがて、ふてぶてしくわらうと、ひらきなおったように、こういいました。

「こりゃまいったね。おれは、地主《じぬし》のヒルトン・キュビットのおくさま

からのおまねきで、ここへ来《き》たんだが、こりゃどういうことかねえ。」

「エルシイ・キュビット夫人《ふじん》のことなら、頭《あたま》をうたれて、意識不明《いしきふめい》だ。手術《しゅじゅつ》を受《う》けないと、いつ死《し》んでしまうかもわからない。おまえがやったのか？　エイブ・スレイニ。」

ホームズがきびしい声《こえ》でいったとたん、その男《おとこ》――エイブ・スレイニは、はげしいショックを受《う》けたように、よろめきました。

「エルシイが死《し》にかけている？　うそだ、そんなことがあるはずがない。おれがうったのは、キュビットのほうだ。それも、あいつがいきなり、おれをうとうとしてきたもんだから、うちかえしただけなんだ！」

そうわめきちらしたあと、エイブ・スレイニは、何《なに》かに気《き》づいたように、たずねてきました。

「待《ま》てよ、エルシイが意識不明《いしきふめい》なら、あの手紙《てがみ》はだれがかいたんだ？」

「ぼくだよ。」

ホームズが答《こた》えました。エイブ・スレイニは、びっくりして、

「ばかな！　おれたちの仲間《なかま》のほか、あの暗号《あんごう》を知《し》るものはないはずだ。」

「知《し》らないから推理《すいり》したのさ。人間《にんげん》の頭《あたま》がつくったなぞが、人間《にんげん》にとけないはずはない――それが、ぼくの信念《しんねん》なんだ。」

エイブ・スレイニは、あまりのおどろきに口《くち》もきけません。ホームズは、そんなかれに追《お》い打《う》ちをかけるように、いいました。

「ぼくはおまえをおびきだす手紙《てがみ》をかいた。おまえが大《だい》すきな女性《じょせい》で、おまえのせいで自殺《じさつ》をはかった、エルシイさんに代《か》わってね！」

そう聞《き》かされたとたん、エイブ・スレイニの体《からだ》から、がっくりと力《ちから》が

ぬけました。そしてそのまま、まるで命《いのち》のない人形《にんぎょう》のように、マーチン警部《けいぶ》につれていかれたのでした……。

こうして、この事件《じけん》は、不幸《ふこう》な終《お》わりをむかえてしまいました。そのあとになって、ベーカー街《がい》二二一Ｂ《ビー》の部屋《へや》でホームズが話《はな》してくれた、事件《じけん》の真相《しんそう》はこうでした。

「エイブ・スレイニは、アメリカのシカゴでギャング団《だん》にくわわっていた。おどる人形《にんぎょう》は、かれらのボスが考《かんが》え出《だ》した暗号《あんごう》で、エルシイは、ボスのむすめだった。エイブは、エルシイが小《ちい》さいときから知《し》っていて、かのじょが大《おお》きくなったら結婚《けっこん》するつもりでいた。だが、エルシイは、悪人《あくにん》たちと一生《いっしょう》をすごすことにたえられなかった。

＊追《お》い打《う》ち……にげていく者《もの》を追《お》いかけてうつこと。ここでは、弱《よわ》った者《もの》をさらにせめたてること。

そこで、エルシイは、一人《ひとり》でイギリスにわたり、けんめいにはたらいた。そうして地主《じぬし》のキュビット氏《し》と知《し》りあい、かれからプロポーズされて結婚《けっこん》したんだ。そのとき、かのじょは、どんなにうれしかっただろう、と思《おも》うね。」

「だが、そのことをエイブ・スレイニがかぎつけた。」

「そう……エルシイと結婚《けっこん》するのは自分《じぶん》だ、と決《き》めこんでいたかれは、かのじょの家《いえ》をさがし、自分《じぶん》のものにしようとメッセージを送《おく》った。」

「それが、あのおどる人形《にんぎょう》の絵文字《えもじ》というわけだね。」

「そのとおり。だが、エルシイはキュビット氏《し》を愛《あい》していたから、無視《むし》[*1]した。それでもしつこく『エルシイへ　来《こ》い　エルシイよ』とかいてくるエイブにたえられず、かのじょは『いやです』と返事《へんじ》をした。」

「だが、そのメッセージは、ますますエイブをおこらせてしまった。そしてついに『死《し》ぬかくごは　できたか　エルシイ』というおどし文句《もんく》になったわけだ。で、そのあと二人《ふたり》はどうなったんだろう。」

ぼくがそういうと、ホームズが説明《せつめい》をしてくれました。

「エイブの*2自白《じはく》によると、エルシイはエルリッジ農場《のうじょう》に、『話《はな》し合《あ》いをしたいから、夫《おっと》がねている夜中《よなか》の三時《じ》に、屋《や》しきに来《き》てくれ』と手紙《てがみ》を出《だ》した。そして、あの

*1無視《むし》…あってもないようにあつかうこと。相手《あいて》にしないこと。
*2自白《じはく》…自分《じぶん》の犯《おか》した罪《つみ》を、自分《じぶん》から打《う》ちあけること。

部屋《へや》のまどごしに話《はなし》をしたんだが、エルシイはもちろん、エイブにしたがうつもりはない。

エイブは、エルシイをまどから引《ひ》きずりだそうとした。そのときキュビット氏《し》がピストルを手《て》に、部屋《へや》にかけこんできた。

エイブがピストルをかまえたものだから、キュビット氏《し》はいきなり一発《ぱつ》うった。だがこれははずれ、まどわくにあなをあけただけだった。

エイブはギャングだけに、ほぼ同時《どうじ》にうちかえした。そのたまがキュビット氏《し》のむねに命中《めいちゅう》して、キュビット氏《し》は死《し》んでしまった。

エイブは、これはまずいと大《おお》あわてでにげだしたが……そのあと、あまりにも悲《かな》しい、不幸《ふこう》な出来事《できごと》が起《お》きた。」

「どうなったんだ、ホームズ。」

ぼくは、うすうす何《なに》があったのか想像《そうぞう》しながら、たずねました。

「エルシイは、エイブをおそれて、まどをしめてかぎをかけた。見《み》ると、愛《あい》するキュビット氏《し》は死《し》んでいる。殺《ころ》したのはエイブだが、そうなる理由《りゆう》を作《つく》ったのは自分《じぶん》だ。

かのじょは、キュビット氏《し》が持《も》っていたピストルを手《て》に取《と》ると、自《じ》分《ぶん》の頭《あたま》めがけて発射《はっしゃ》し……そのまま、まどぎわにへたりこんだ。ピストルは、かのじょの手《て》から落《お》ちて、ゆかに転《ころ》がった――というわけさ。」

そのあと、ぼくたちは二人《ふたり》とも、しばらく口《くち》をききませんでした。

エルシイという女性《じょせい》をおそった悲《かな》しい運命《うんめい》と、かのじょを深《ふか》く愛《あい》していたばかりに、まきぞえで殺《ころ》されたキュビット氏《し》のことを考《かんが》えたからです。

「ところで……きみがエイブ・スレイニを、おびきだすために書《か》いた、にせの手紙《てがみ》ね。あれをちょっと見《み》せてくれないか。」

ぼくは、重苦《おもくる》しい気分《きぶん》をかえるためもあって、ホームズにいいました。

「ああ、いいとも。これだよ。」

そういって、下《した》の暗号《あんごう》を見《み》せてくれました。

「ええと、がSで、がUで……そうか、『すぐ　来《き》てください』か。」

ぼくが、ホームズのメモをたよりに、やっとそう解読《かいどく》すると、かれはようやくにっこり

ホームズがかいた暗号文《あんごうぶん》

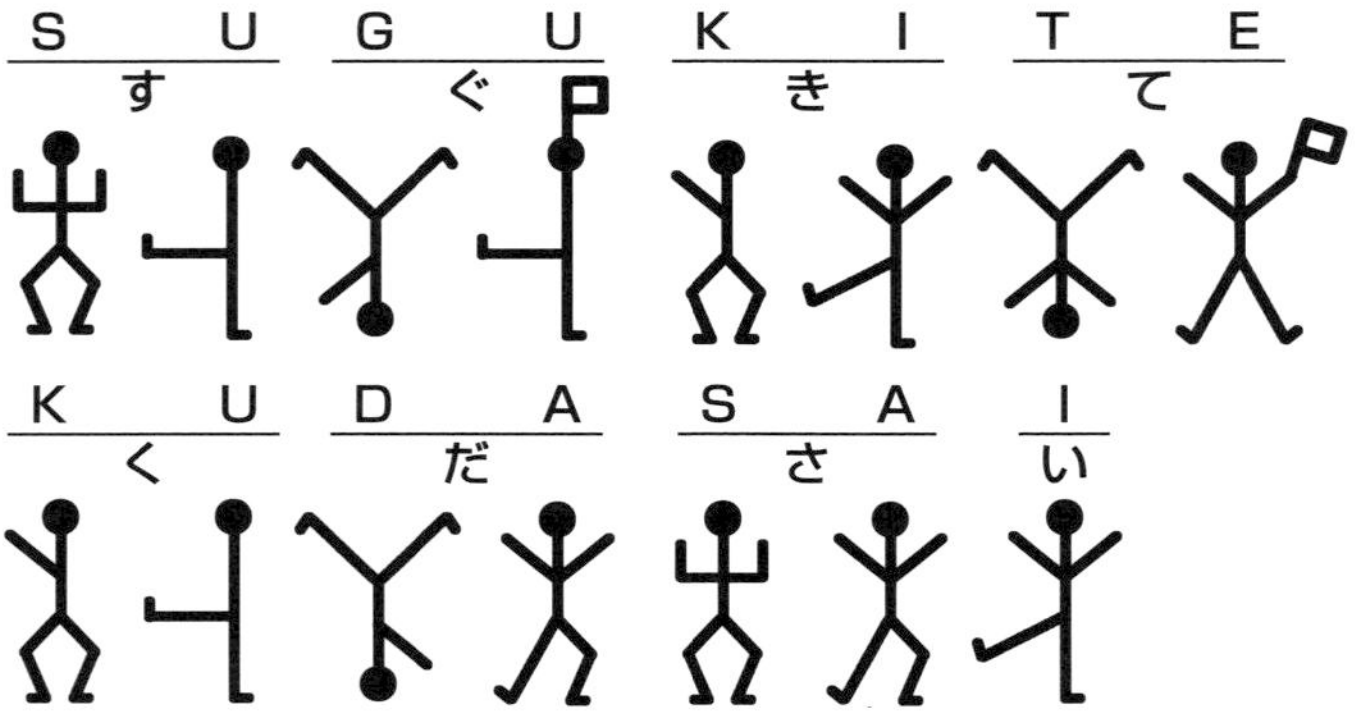

ホームズのメモ
A K D E G I
O U S T Eはたつき Uはたつき
B Z N W Aはたつき Oはたつき

と笑顔《えがお》を見《み》せてくれました。

「正解《せいかい》だ。できれば、あの悲劇《ひげき》が起《お》きる前《まえ》にこの暗号《あんごう》を使《つか》えればよかったんだが……神様《かみさま》でない人間《にんげん》には、できることとできないことがあるからね。どうしてもかえることができない運命《うんめい》もあるんだろう。

そうそう、エルシイ夫人《ふじん》は幸《さいわ》い手術《しゅじゅつ》が成功《せいこう》して、元気《げんき》を取《と》りもどしたそうだよ。このあとは、まずしかったり、しいたげられたりして、悪《あく》の道《みち》にさそいこまれそうな人《ひと》たちを、助《たす》ける仕事《しごと》をしたいそうだよ。

せめて、そのゆめがかなうよう、ぼくらもいのろうじゃないか。」

その後《ご》、エイブ・スレイニはさいばんで死刑《しけい》をいいわたされましたが、先《さき》にピストルをかまえてうったのは、キュビット氏《し》だったということで、刑《けい》を軽《かる》くしてもらったようです。そして、今《いま》は刑務所《けいむしょ》に入《はい》り、罪《つみ》をつぐなっているとのことです。

エルシイ夫人《ふじん》は、夫《おっと》ののこした財産《ざいさん》を守《まも》りながら、人々《ひとびと》のためにつくしていると聞《き》いて、ぼくは少《すこ》しすくわれた気《き》がするのでした。

（「おどる人形《にんぎょう》の暗号《あんごう》」おわり）

物語《ものがたり》について

シャーロック・ホームズとともに～「おどる人形《にんぎょう》の暗号《あんごう》」ほか

編著《へんちょ》・芦辺《あしべ》　拓《たく》

ドイルが一八九三年《ねん》に発表《はっぴょう》した「ホームズ最後《さいご》の事件《じけん》!?」で、われらが名探偵《めいたんてい》をライヘンバッハの滝《たき》に落《お》としたのは、このシリーズの人気《にんき》が高《たか》まりすぎ、もともと書《か》きたかった歴史小説《れきししょうせつ》を書《か》くことができなくなったからだといわれています。当時《とうじ》は、探偵小説《たんていしょうせつ》を書《か》いても作家《さっか》の名声《めいせい》にはつながらなかったのです。もちろん読者《どくしゃ》はしょうちせず、仕方《しかた》なく「最後《さいご》の事件《じけん》!?」より前《まえ》の事件《じけん》を書《か》いたりしましたが、一九〇三年《ねん》に「空《から》っぽの家《いえ》の冒険《ぼうけん》」を発表《はっぴょう》しました。小説《しょうせつ》の中《なか》では三年《ねん》しかたっていませんが、読者《どくしゃ》はずっと長《なが》く待《ま》たされたわけですね。

この本《ほん》では『シャーロック・ホームズの帰還《きかん》』から、この本《ほん》のトップをかざった「空《から》っぽの家《いえ》の冒険《ぼうけん》」のほか、暗号小説《あんごうしょうせつ》の傑作《けっさく》を選《えら》びました。

それが「おどる人形《にんぎょう》の暗号《あんごう》」ですが、もちろん原文《げんぶん》は英語《えいご》で書《か》かれています。これでは日本の少年少女《しょうねんしょうじょ》のみなさんが推理《すいり》に参加《さんか》できないので、今回《こんかい》は日本語《にほんご》のローマ字文《じぶん》にやくしてみました。（そのさいドイルが作《つく》った暗号文字《あんごうもじ》だけでは足《た》りないので、C《シー》とK《ケイ》、L《エル》とZ《ゼット》、P《ピー》とU《ユー》、V《ブイ》とW《ダブリュー》を入《い》れかえて使《つか》いました。）

では、原作《げんさく》ではどうだったかというと、ホームズはまず、人形《にんぎょう》が持《も》っているはたは言葉《ことば》の区切《くぎ》りと考《かんが》え、暗号文《あんごうぶん》①で『』と『』が四回《かい》も使《つか》われていることから、これは英語《えいご》でいちばんよく使《つか》われるE《イー》ではないかと推理《すいり》しました。

すると暗号文《あんごうぶん》④は□E□E□となりますから、これはNEVER《ネバー》（ありえない＝いやです）であり、暗号文《あんごうぶん》③の終《お》わりにE□□□Eとあるのは、キュビット氏《し》のおくさんELCIE《エルシイ》ではないか、ならば、その前《まえ》の□□□Eは、かのじょへのよびかけでCOME《カム》（来《こ》い）だろうと推理《すいり》してゆきました。

暗号文《あんごうぶん》①のさいしょの□MはAM《アム》（わたしは〜である、〜にいる）、次《つぎ》の□EREはHERE《ヒア》（ここ）とあなをうめ、やがてABE SLANEY《エイブスレイニ》という人《じん》

名《めい》をうかびあがらせます。こうしてわかったのが、

AM《アム》 HERE《ヒア》 ABE《エイブ》 SLANEY《スレイニ》（わたしはここだ　エイブ・スレイニ）

AT《アット》 ELRIGES《エルリッジ》（エルリッジにいる）

COME《カム》 ELSIE《エルシイ》（エルシイよ　来《こ》い）

NEVER《ネバー》（いやです）

という内容《ないよう》でしたが、そこへ暗号文《あんごうぶん》⑤がとどきました。これまでにわかった結果《けっか》を当《あ》てはめ、かけたところも推測《すいそく》したところ、

ELSIE《エルシイ》 PREPARE《プリペアー》 TO《トゥ》 MEET《ミート》 THY《ザァイ》 GOD《ゴット》

（おまえの神様《かみさま》に会《あ》うじゅんびをしておけ　エルシイ）

となりました。そこで、ホームズが自分《じぶん》で書《か》いたのが暗号文《あんごうぶん》⑥で、

COME《カム》 AT《アット》 ONCE《ワンス》（すぐ来《き》てください）

――というわけです。みなさんも英語《えいご》を勉強《べんきょう》するようになったら、ぜひ大人向《おとなむ》けのやくで読《よ》み直《なお》してみてください。では、また次《つぎ》の本《ほん》でお会《あ》いしましょう。

おどる人形《にんぎょう》の暗号文《あんごうぶん》（※コナン・ドイルの原文《げんぶん》のものです。）

① さいしょにキュビット氏《し》が、ホームズに送《おく》ってきたもの。

A M H E R E A B E S L A N E Y

（わたしはここだ　エイブ・スレイニ）

② 小屋《こや》の戸《と》に書《か》かれたり、日時計《ひどけい》の上《うえ》にのっていたりしたもの。

A T E L R I G E S

（エルリッジにいる）

③ 上《うえ》の②の暗号文《あんごうぶん》と同《おな》じように、何度《なんど》もあらわれたもの。

C O M E E L S I E

（エルシイよ　来《こ》い）

④ 暗号文《あんごうぶん》②と③に書《か》きたされていたもの。

N E V E R

（いやです）

⑤ 最後《さいご》にキュビット家《け》に書《か》かれたもの。

E L S I E P R E P A R E T O

M E E T T H Y G O D

（おまえの神様《かみさま》に会《あ》うじゅんびをしておけ　エルシイ）

⑥ ホームズが自分《じぶん》で書《か》いたもの。

C O M E A T O N C E

（すぐ来《き》てください）

編著　**芦辺 拓**（あしべ　たく）

1958年大阪市生まれ。同志社大学卒業。読売新聞記者を経て『殺人喜劇の13人』で第１回鮎川哲也賞受賞。主に本格ミステリーを執筆し『十三番目の陪審員』『グラン・ギニョール城』『紅楼夢の殺人』『奇譚を売る店』など著作多数。《ネオ少年探偵》シリーズ、《10歳までに読みたい世界名作》シリーズ6巻『名探偵シャーロック・ホームズ』、12巻『怪盗アルセーヌ・ルパン』、24巻『海底二万マイル』（以上、Gakken）など、ジュヴナイルやアンソロジー編纂・編訳も手がける。

絵　**城咲 綾**（しろさき　あや）

漫画家、イラストレーター。主な作品に《マンガジュニア名作》シリーズ『トム・ソーヤーの冒険』、《マンガ百人一首物語》シリーズ、『10歳までに読みたい世界名作6巻 名探偵シャーロック・ホームズ』（以上Gakken）、イラストに『コミックスララ』（タカラトミー）など。

原作者

コナン・ドイル

1859年生まれの、イギリスを代表する推理小説家。1891年に雑誌『ストランド・マガジン』でホームズの連さいを始め、以後全60作品を書きあげた。世界一有名な名探偵、シャーロック・ホームズの生みの親。

10歳までに読みたい名作ミステリー

名探偵シャーロック・ホームズ

おどる人形の暗号

2016年12月27日　第１刷発行
2025年３月31日　第11刷発行

原作／コナン・ドイル

編著／芦辺 拓

絵／城咲 綾

デザイン／佐藤友美・藤井絵梨佳（株式会社昭通）

発行人／川畑　勝

編集人／高尾俊太郎

企画編集／石尾圭一郎　松山明代

編集協力／勝家順子　上埜真紀子

ＤＴＰ／株式会社アド・クレール

発行所／株式会社Gakken

〒141-8416 東京都品川区西五反田2-11-8

印刷所／株式会社広済堂ネクスト

この本に関する各種お問い合わせ先

●本の内容については、下記サイトのお問い合わせフォームよりお願いします。
https://www.corp-gakken.co.jp/contact/

●在庫については　Tel 03-6431-1197（販売部）

●不良品（落丁、乱丁）については　Tel 0570-000577
学研業務センター
〒354-0045　埼玉県入間郡三芳町上富279-1

●上記以外のお問い合わせは
Tel 0570-056-710（学研グループ総合案内）

NDC900　170P　21cm

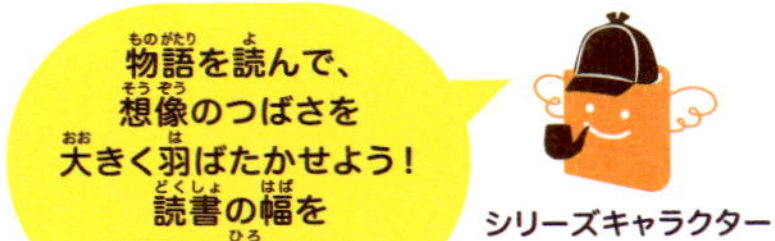

シリーズキャラクター
「名《めい》作《さく》くん」

「10歳《さい》までに読《よ》みたい名作《めいさく》ミステリー
名探偵《めいたんてい》シャーロック・ホームズ」シリーズ
ホームズ-⑤も読《よ》んだら、
ひとつの言葉《ことば》になるのだよ。
ちょうせんしたまえ。